光文社文庫

文庫書下ろし／長編時代小説

鏡の欠片《かけら》

御広敷用人 大奥記録㈣

上田秀人

JN287028

光 文 社

この作品は光文社文庫のために書下ろされました。

目次

第一章　下賜の品　9
第二章　陰湿な力　74
第三章　道具の夢　136
第四章　闘う女　199
第五章　囮の決意　264

御広敷略図

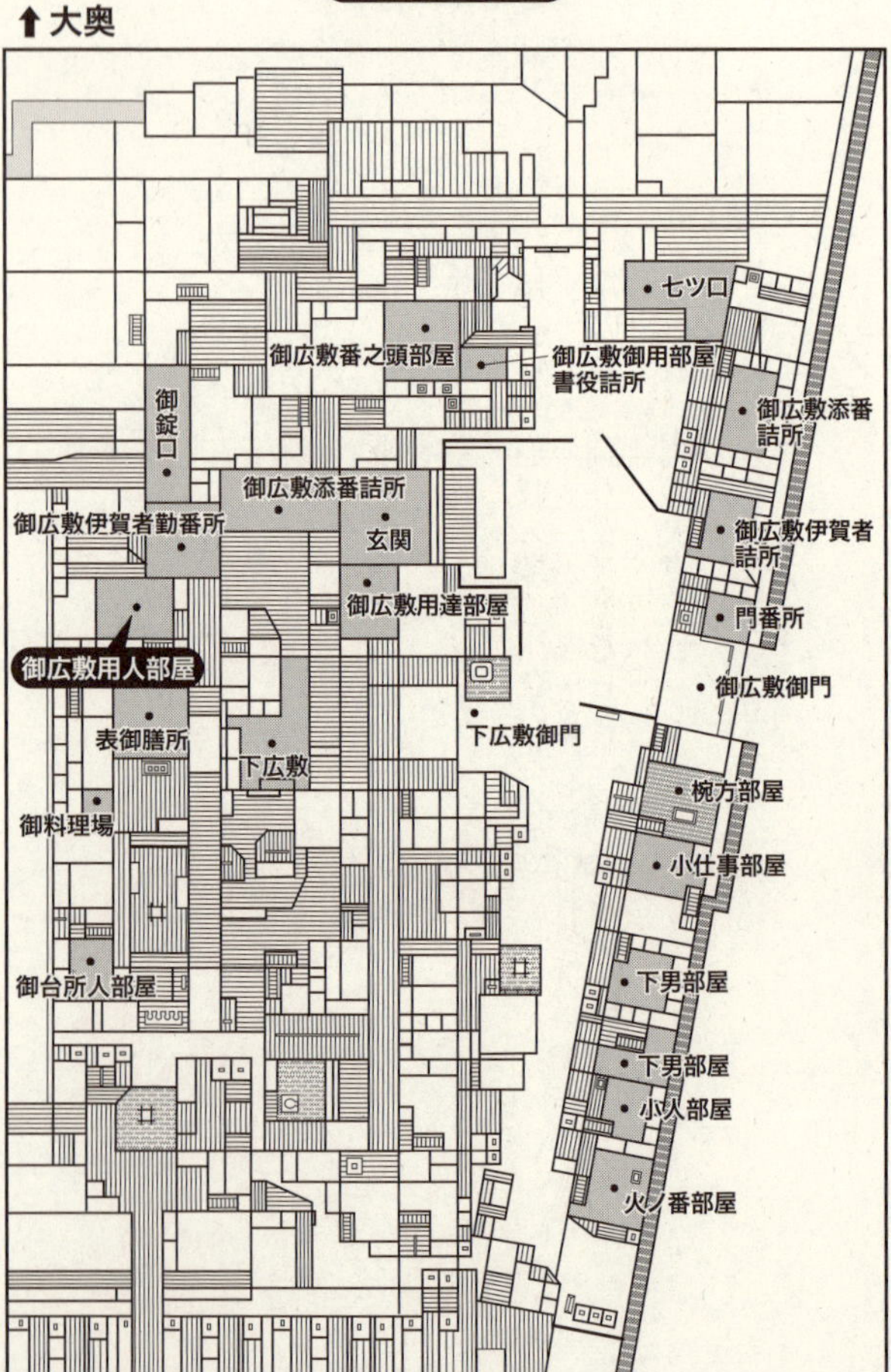
↑大奥
セツロ
御広敷番之頭部屋
御広敷御用部屋
書役詰所
御錠口
御広敷添番
詰所
御広敷添番詰所
玄関
御広敷伊賀者勤番所
御広敷伊賀者
詰所
御広敷用達部屋
門番所
御広敷用人部屋
御広敷御門
表御膳所
下広敷
下広敷御門
椀方部屋
御料理場
小仕事部屋
御台所人部屋
下男部屋
下男部屋
小人部屋
火ノ番部屋

御広敷役人の職制図

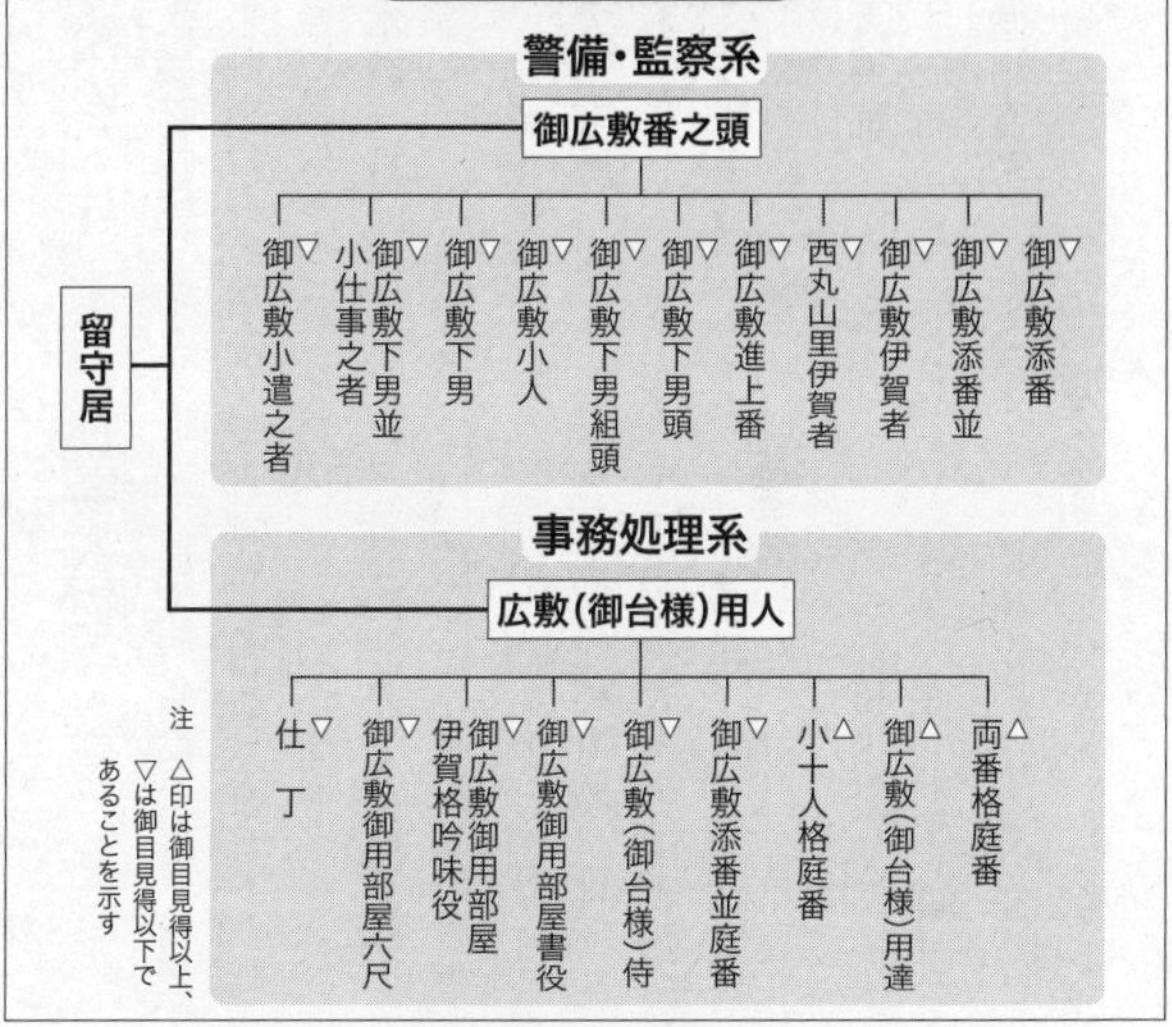
警備・監察系
御広敷番之頭
御広敷添番▽
御広敷添番並▽
御広敷伊賀者▽
西丸山里伊賀者▽
御広敷進上番▽
御広敷下男頭▽
御広敷下男組頭▽
御広敷小人▽
御広敷下男▽
御広敷下男並 小仕事之者▽
御広敷小遣之者▽
留守居
事務処理系
広敷(御台様)用人
両番格庭番△
御広敷(御台様)用達△
小十人格庭番△
御広敷添番並庭番▽
御広敷(御台様)侍▽
御広敷御用部屋書役▽
御広敷御用部屋 伊賀格吟味役▽
御広敷御用部屋六尺▽
仕丁▽
注 △印は御目見得以上、▽は御目見得以下であることを示す

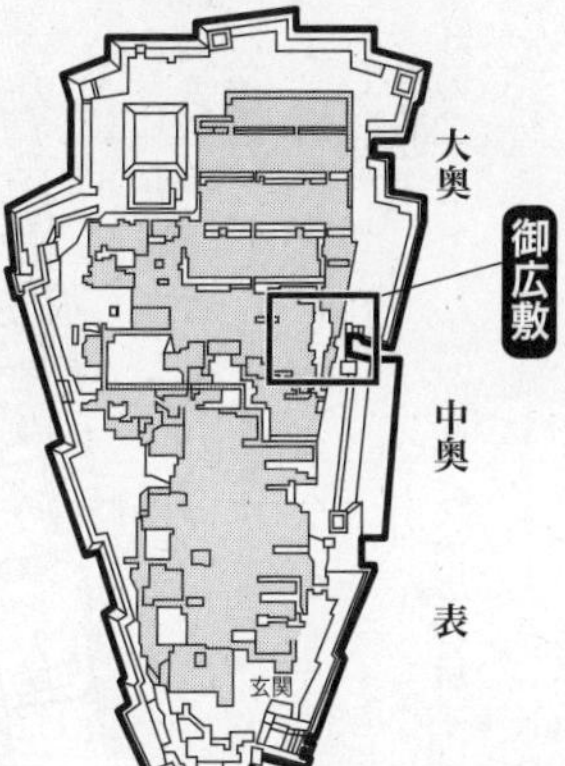
大奥
御広敷
中奥
表
玄関

鏡の欠片　主な登場人物

水城聡四郎《みずきそうしろう》……勘定吟味役を辞した後、在任中の精勤を称されて、八代将軍吉宗直々のお声がかりで寄合席に組み込まれた。将軍の代替わりを機に、聡四郎は役目を退き、無役となっていたが、吉宗の命を直々に受け、御広敷用人となる。

水城《みずき》　**紅**《あかね》……聡四郎の妻。江戸城出入りの人入れ屋相模屋伝兵衛の一人娘だったが、聡四郎に出会い、恋仲に。聡四郎の妻になるにあたり、いったん当時紀州藩主だった吉宗の養女となり、聡四郎のもとへ嫁す。それゆえ、吉宗は義理の父となる。

大宮玄馬《おおみやげんば》……水城家の筆頭家士。元は一放流の入江無手斎道場で聡四郎の弟弟子だった。無手斎から一放流小太刀を創始していいと言われたほど疾い小太刀を遣う。

入江無手斎《いりえむてさい》……聡四郎の剣術の師匠。一放流の達人で、道場の主。

相模屋伝兵衛《さがみやでんひょうえ》……江戸城出入りの人入れ屋で紅の父。ときに聡四郎に知恵を貸す。

天英院《てんえいいん》……第六代将軍家宣の正室。

月光院《げっこういん》……第六代将軍家宣の側室で、第七代将軍家継の生母。

徳川吉宗《とくがわよしむね》……徳川幕府第八代将軍。聡四郎が紅を妻に迎えるに際して、紅をいったん、吉宗の養女としたことから、聡四郎にとっても義理の父にあたる。

御広敷用人　大奥記録（四）

鏡の欠片《かけら》

第一章　下賜の品

一

柳左伝《やなぎさでん》は、先日の大宮玄馬《おおみやげんば》と無頼《ぶらい》の浪人との戦いを反芻《はんすう》していた。

「疾《はや》さでは劣るか」

目を閉じて、頭のなかで大宮玄馬との戦いを想像した左伝が呟《つぶや》いた。

「疾さでは向こうに分《ぶ》があり、重さでは吾《われ》が勝る」

剣の重さは、剣士の体軀《たいく》によるところが大きい。痩せた身体《からだ》の者の一撃と、太った男の一刀では、その威力に差があった。もちろん、太っているというのは、鍛えた結果、筋肉が身についている状態のことだ。

「受けられれば、吾の勝ちだな」

左伝が下から出した刀で、上から落ちてきた玄馬の一撃を受ける格好をした。

「太刀《たち》では圧倒している」

胴太貫《どうたぬき》と呼ばれるものほどではないにしても、左伝の佩刀《はいとう》はかなり厚い。対して、左伝が見たところ、疾さを重視している玄馬の太刀は、細身でやや短い。まともに打ちあえば、まちがいなく大宮玄馬の太刀が負ける。

「問題は受け止められるかどうかだ」

どれだけ太刀が太く、斬撃《ざんげき》が重かろうとも、玄馬の一刀が疾ければ、意味などなかった。人を殺すのに、刀は厚くなくともよく、勢いも要《い》らなかった。首の血脈《ちみゃく》、心《しん》の臓《ぞう》などの急所に刃が届けば、それで勝負は決まった。

「……間に合わぬな」

何度か型を使った左伝が、嘆息《たんそく》した。

「どうやって、あやつの動きを抑える。狭い場所へ誘いこむか。いや、それでは、こちらも避《よ》けづらいな」

左伝が難しい顔をした。すばやい足運びも大宮玄馬の持ち味であった。その足を殺すために、狭い場所を使うのは、同時に己《おのれ》の機動力も失うことになる。

「まだ、覚悟が決まらぬのか」

「ふん」

背後から声をかけられても、左伝に動揺はなかった。

「……………」

声をかけた御広敷伊賀者組頭《おひろしきいがものくみがしら》藤川義右衛門《ふじかわぎえもん》が鼻白《はなじろ》んだ。

「気配を消してきたつもりだろうが、見つめすぎだ。人の目というのは強い気を放っている。息を殺しても、目に力が入っていれば、すぐにわかる。なにせ、怖気《おぞけ》立つほど気持ちが悪いからの」

鼻先で左伝が笑った。

「で、どうなのだ」

あっさりと藤川が左伝の嫌《いや》みを流した。

「急《せ》かすなと言ったはずだが」

左伝が睨《にら》みつけた。

「いつまでときをかければすむ。伊賀の存亡《そんぼう》がかかっているのだぞ」

「存亡の瀬戸際まで来てしまったのは、誰のせいだ」

「……………」

藤川が黙った。

「水城《みずき》など放っておけばよかったのだ。将軍の娘婿《むすめむこ》なのだろう。たとえ義理の娘とはいえ、一門には違いないのだ。数年もすれば、女相手の大奥《おおおく》ごときからはずれて、勘定奉行《かんじようぶぎよう》か、大坂《おおさか》町奉行などへ転じていったはず。それまで辛抱《しんぼう》すればすんだ。要らぬ手出しをしたのは、伊賀だぞ。その尻ぬぐいをしてやろうというのだ。もう少し、待遇をよくしてもばちはあたるまい」

不満を左伝がぶつけた。

「吾《わ》が居場所を奪っておきながら、昼飯代さえも寄こさぬ」

左伝は御広敷伊賀者同心《どうしん》の家に生まれた。藤川から忍《しのび》に向かないとして追い出され、剣術遣いとなった。その剣術道場も、藤川の策謀《さくぼう》で追い出されるはめになっていた。

「飯は三度喰わせている」

「あれだけで腹がくちくなるとでも」

左伝があきれた。

「我らには十分な量だぞ」

藤川が言い返した。

「身体が軽くなければならない忍と、筋を維持しなければならない剣士を同じと考えるな。たしか、身体が大きすぎて忍に向かぬと言ったのは、きさまであったはずだ」

「………」

ふたたび藤川が黙った。

「わかった。今夜から食事については一考しよう」

苦い顔で藤川が認めた。

「その代わり……」

「頭が悪いようだな」

途中で左伝が遮《さえぎ》った。

「なにっ」

馬鹿にされて藤川が怒った。

「何度言えばわかる。剣士の戦いは始まったときには決まっていると告げたはずだ。相手を知り、十分な対策を練って臨む。そうしてこそ、勝てる。吾は今そのための努力をしている。これを怠《おこた》って、あの二人に勝てようはずもない」

左伝が述べた。

「もし、行き当たりばったりで勝負を挑み、勝てたとしたら……」

「したら」

一度言葉を切った左伝を、藤川が促した。

「そのていどの敵を、独自で始末できなかった伊賀が、恥をさらすだけだ」

「……つっ」

藤川が口の端を嚙《か》んだ。

「おまえが語らなければ、誰にも知られぬ」

「口封じでもするか」

左伝が嘲笑《ちょうしょう》した。

「…………」

「ふん、無事に任を果たしても、生かしておくつもりなどないであろう」

「そんなことはない。おまえも伊賀の組内だ。伊賀は仲間を殺さぬ」

言われた藤川が否定した。

「どうだか」

信用していないと左伝が言った。

「どちらにせよ、吾が漏らさずとも、もう知れ渡っておろうがな」

「……御庭之者《おにわのもの》か」

あからさまに藤川が嫌な顔をした。

八代将軍となった吉宗《よしむね》が紀州《きしゅう》から連れてきた腹心《ふくしん》で伊賀に代わる隠密《おんみつ》、御庭之者を創った。伊賀者上席格御休息御庭番、のちに略して御庭番と呼ばれる御庭之者は、伊賀者から探索御用を奪った。さすがに大奥の警固《けいご》を担うほどの数はいなかったが、将軍直命による遠国《おんごく》御用、江戸地回り御用などを独占していた。

「気づいていないと考えているようなら、伊賀も終わりだ」

「侮《あなど》るな」

藤川が左伝を睨《にら》んだ。

「御庭之者ごときは、気にせずともよい。たかが十七家では、なにもできぬ」

「その十七家に探索御用を取りあげられているのにか」

左伝があきれた。

「……おまえは、水城とその従者を葬ることだけを考えていればいい」

「考えている。だから、邪魔をするな」

あちらへ行けと左伝が手を振った。

「さっさとしろ」

「ああ、少し金をくれ」

背中を向けた藤川へ、左伝が声をかけた。

「なにに遣う」

「女を買う」

問う藤川へ、あっさりと左伝が告げた。

「何日も女を抱かずにいると、頭が熱くなる。これではよい案も出ぬ」

「組内で処理しろ。後家《ごけ》どもには話をしておく」

金を催促する左伝へ、藤川が言った。

伊賀者同心は二十俵《ぴょう》から三十俵と薄禄《はくろく》である。町同心のような余得《よとく》もなく、一家四人もいれば、食べていくのが精一杯である。とても遊女を買う余裕などなかった。しかし、若い男の欲求はある。そこで考え出されたのが、後家であった。後家の生活の面倒を組で見る代わりに、若い男の夜這《よば》いを受けさせるのだ。もし、後家が妊娠した場合は、その子供は組内のものとして育て、跡取りのいない家の養子にしたりした。

「よしてくれ。伊賀の女を抱くくらいなら、夜鷹《よたか》のほうが数倍ましだ」

左伝が断った。

夜鷹とは、川筋の柳の下などに出る遊女のことだ。莫蓙《ござ》一枚を商売道具に、一回十六文《もん》から六十四文ほどで客を取る。最下級の遊女といっていい。

「なんだと」

「いつ寝首を掻《か》かれるかわからない相手を抱けるか。男の最大の隙《すき》を預けるのだぞ」

憤る藤川へ、左伝が言った。

どれだけ鍛錬しようとも、男にはどうしようもない隙があった。精《せい》を放つ瞬間である。ほんの一瞬のことだが、全身が固まり、咄嗟《とっさ》の動きができなくなる。また、男の急所を女に預けることにもなる。女が刺客《しかく》であれば、剣術の達人といえども防げなかった。

「それくらいなんとかしろ。余分な金などない」

藤川が拒絶した。

「そうか。では、勝手にさせてもらおう」

左伝が立ちあがった。

「今夜は帰らぬ」

「逃げるなよ」

念を押す藤川へ、左伝は手を振った。

四谷《よつや》の伊賀組屋敷を出た左伝の目つきが変わった。

「やはりついてきているな」

背後にかすかな気配があった。藤川の手配した見張りであった。

「まったく愚かだ。剣士を雇ったのだから、結果を待てばよい。うまくいけば、すぐにわかる。なにせ、御広敷用人《ようにん》が出て来なくなるのだからな。逆に失敗すれば、吾がいなくなる。そうなれば新たな手を考えればいい。それだけのことでしかない」

左伝は独りごちながら、足早に歩いた。

四谷からかなり歩いて、ようやく左伝が足を止めたのは、品川宿《しながわじゆく》であった。

品川の宿場は、東海道《とうかいどう》最初の宿場である。といっても江戸から近いので、ほとんどの旅人は、宿泊費を浮かすため、品川には泊まらず、川崎《かわさき》あたりまで足を伸ばす。足弱の女も品川を避ける。それは品川の宿場にある旅籠《はたご》はそのほとんどが遊女屋であったからだ。

これは、江戸では、遊廓《ゆうかく》が吉原《よしわら》以外認められなかったからであった。吉原以外の遊廓はすべて御法度《ごはっと》であり、町奉行所の手入れの対象であった。品川は江戸ではなく、代官支配なので、この法度には触れないと思われがちだが、吉原の成立の過程から品川も遊廓を許されなかった。

それは、幕初、徳川家康《とくがわいえやす》が関ヶ原の合戦へと発《た》つとき、のちに吉原惣名主《そうなぬし》となる初代庄司甚内《しょうじじんない》が、家康の見送りにと、品川で遊女に茶を点《た》てさせ、戦勝を祈った。美しい女の接待によろこんだ家康は、口頭ながら後日、江戸の遊女すべての取り締まりを庄司甚内に任せると言った。これが吉原の始まりであり、特権であった。

この故事により、品川も遊廓は遠慮していた。その抜け道が旅籠であった。幕府は旅籠の規模などに応じて一軒につき何人との制限をつけたが、飯盛女《めしもりおんな》を置くことを許していた。この飯盛女が、夜になると泊まり客の寝床に侍《はべ》る。この形で、遊女を黙認した。これによって、本来宿場として成りたたないはずの品川に、多くの旅籠が並び、殷賑《いんしん》を極めることができた。もちろん、品川だけでなく、内藤新宿《ないとうしんじゅく》、板橋《いたばし》、千住《せんじゅ》など、江戸四宿《ししゅく》と呼ばれた宿場はどこも同じであった。

「お泊まりを」

「悪いな。連れが別の宿におる」

客引きの飯盛女をいなしながら、左伝は別の旅籠へあがった。

「……ちっ」

後をつけていた伊賀者が舌打ちした。

「お客さまも」

左伝を迎えた旅籠の女が、伊賀者に声をかけた。

「拙者は違う」

伊賀者が手を振った。

品川旅籠の飯盛女は、吉原に比べれば格段に安い。といっても吉原が高すぎるだけで、深川《ふかがわ》や千住の岡場所といった非公認の遊廓よりは高い。これは、東海道という人の通りの多い宿場町であることも手伝い、そこそこ需要があったからである。さすがに吉原のように一分《ぶ》かかるということはないが、酒食代、座敷や夜具《やぐ》の使用代などを含めると、一夜で一朱《しゅ》ほどかかる。一朱は、一両《りょう》の十六分の一にあたり、銭に換算すると、およそ二百五十文から四百文ほどになった。宿場町の旅籠で一夜泊まり、朝晩の食事と翌日の弁当を作ってもらって二百文内外であることを考えれば、女を抱いて一刻《いっとき》（約二時間）たらずで一朱はかなりの金額といえる。

「後をつけさせるならば、相応の金をくれればよいのに、吝《しわ》い組頭だ」

本来ならば、旅籠にあがり、左伝が誰と会い、どのような話をしたかを調べなければならないが、それにはやはり同じように金を払って女を抱かなければならなかった。

「忍に向かぬとして、放り出されたとはいえ、伊賀の血。気配には聡《さと》い。今も気づいていたようだしな。天井裏や床下に潜んでは見つけられる」

難しい顔を伊賀者はした。

「出てくるときは、待ち人と一緒であろう。せめて、誰と会っていたかだけでも、確かめねば」

伊賀者は、左伝が入った旅籠の出入りを見張れる場所へと身を移した。

二

品川の旅籠は二階建てが多かった。一階は江戸を旅立つ知人を見送る人々の休憩や食事のために使われ、女を抱くのは二階へ上がってという形を取っている。もちろん、なかには、遊女を置かない旅籠や、一階を小さく仕切って女を抱かせる遊女屋そのものという宿もあった。

左伝があがったのは、品川でもっとも多い、二階で女を抱かせる旅籠であった。

「待たせたか」

案内された二階の一室には、すでに二人の浪人者がいた。

「勝手に始めさせてもらっているぞ」

「…………」

歳嵩《としかさ》の浪人が盃《さかずき》を上げて見せ、若い浪人は無言で頭を下げた。

「かまわぬ。吾が遅れただけだ。女、酒をもっと出せ。これは心付けだ」

腰の太刀を外しながら、左伝が懐《ふところ》から一朱取り出し、女に渡した。

「はい」

うれしそうに、女が受け取った。そそくさと用意のため下がっていった。

「随分、豪儀《ごうぎ》だの」

見ていた歳嵩の浪人が目を剝《む》いた。

「茶店の代金にも苦労していたおぬしが」

「佐藤氏《さとううじ》」

左伝が苦笑した。

二人は左伝の道場仲間であった。ともに地方から江戸へ出てきて、剣術で身を立てようとして、柳生《やぎゅう》道場へと弟子入りした。しかし、田舎で無双《むそう》といわれたていどでは、江戸で名を売ることは難しい。かといって国元を華々しく見送られて江戸へ出て、落魄《らくはく》して帰るわけにはいかない。佐藤たちが、同様に戻る場所がない左伝と親しくなるのに、日にちはかからなかった。

「ここの払いももってくれるのであろう。三人で女を抱いて、飲み食いして心付けをやれば一分ではきくまい」

一分は一両の四分の一、一朱の四倍にあたる。佐藤が確認した。

「儂《わし》も山下も金はないぞ」

佐藤が若い浪人を見た。

「…………」

黙って山下が首肯《しゅこう》した。

「安心してくれ。金なら……」

懐から左伝が小判を出して見せた。

「おっ」

「…………」

鈍い金色《こんじき》に二人の目が吸い付いた。

「あと二枚ある」

左伝が小判を二人の前へ、一枚ずつ置いた。

「情けないが、これだけしか出せぬ」

「なにをしろと」

小判から目を離さず、佐藤が問うた。

「道場で同門のおぬしたちしか、信じられぬゆえ、すべて話す。もちろん、断ってくれていいが、今から話すことだけは、他言してくれるな」

訊《き》かれて左伝が念を押した。

「懸念《けねん》無用」

「うむ」

佐藤と山下が誓った。

「一人斬るのを手伝ってもらいたいのだ。そやつは……」

「待て」

言いかけた左伝を、佐藤が制した。

「なぜ、おぬしがせぬのだ。道場で師範代にまであがったおぬしならば、一人斬るくらいは朝飯前であろう」

佐藤が怪訝《けげん》な顔をした。

「一対一ならば勝てようが、無傷というわけにはいかぬと思う」

「ほう……」

「柳どのが」

二人が驚愕《きょうがく》した。

「それほどの遣い手だというのか」

「入江無手斎《いりえむてさい》の名前を知っているか」

質問には答えず、左伝が尋ねた。

「ああ。名前くらいだがな。一放流《いっぽうりゅう》だったか。さしたる流派ではないが、その実力たるや、江戸でも五指に入ると聞いた」

佐藤が答えた。

「その秘蔵弟子で、師より一流をたてることを許されたほどらしい」

「一流をたてる」

黙っていた山下が、身を乗り出した。

「ああ。小太刀《こだち》では師に優《まさ》るという」

「何歳でござる」

山下が続けて訊いた。

「見たところ、二十四、五歳というところか」

「吾より三つも若い。それでいて一流を……才を持っているのだろう」

なんともいえない表情を山下が浮かべた。

「一放流という田舎剣術だからだ。柳生新陰流《やぎゅうしんかげりゅう》ほど弟子の数がない。だからこそ、目立っただけだろう。おぬしとて国元では麒麟児《きりんじ》と言われたであろう」

山下へ佐藤が声をかけた。

「……」

慰められた山下が、一層頭《こうべ》を垂れた。

「この仕事、無事に果たしてくれれば、道場を建てるだけの金を出す」

「なにっ」

山下が顔をあげた。

「もちろん江戸では無理だ。金がかかりすぎるし、なにより相手が悪い。江戸は離れてもらうがな」

「よいのか。山下の望みが、剣術指南役だった父の跡を継いで一人前の剣術遣いになることだと知っているだろう。それに道場をやるなどと言えば、どうなるかわかっているはずだ」

左伝の出した条件に、佐藤が苦言を呈《てい》した。

「命をかけて、相手を襲うぞ」

「わかっているとも」

あっさりと左伝が認めた。

「だが、それくらいでないと、道場など夢のまた夢であろうが」

「……そうだが」

佐藤がしぶしぶながら認めた。

「もう一度問う。どうして、おぬしがせぬ」

「吾はもう一人、仕留《しと》めねばならぬ」

「そのためか、最近道場へ出てこぬのは」

「そうだ」

左伝が首肯した。

「じつは、おぬしたちに頼む者は、吾が狙っている者の従者でな」

「詳しく教えていただきたい」

山下が熱意の籠《こ》もった目で左伝を見た。

「頼み元は話せぬぞ」

「けっこう」

釘を刺す左伝へ、山下が同意した。

「倒さねばならぬのは……旗本《はたもと》とその従者である」

「旗本……」

「……」

二人が顔を見合わせた。

「旗本水城聡四郎《そうしろう》とその家臣大宮玄馬の二人だ。そして大宮玄馬が、入江無手斎から、大宮流小太刀の創始を許されている」

「主君のほうはどうだ」

「一応、入江道場で免許をもらっている」

「主従二人とも遣うと」

「うむ」

左伝が首肯した。

「主《あるじ》はどうなのだ。従者はおぬしと互角なのだろう」

「まず吾が勝つ」

自信を持って左伝が佐藤の質問に答えた。

「だが、従者と同時に相手はできぬし、先に従者を倒しても、そのときに傷を受けていれば、難しい」

「今どきの旗本で、それほどの遣い手がおるとはな」

佐藤が感心した。

最後の戦いである天草《あまくさ》の乱からおよそ八十年がすぎた。もう、実戦を知っている者などこの世にいない。なにせ、幕府が戦いを禁じているのだ。その幕府に仕える旗本が、戦いのために修行しようとか、鍛錬を積もうとか思うはずもない。だけではなかった。幕府は戦いがなくなって無用の長物《ちょうぶつ》となった武官《ぶかん》を冷遇した。幕府は武家の作ったものだ。建前《たてまえ》上、武を否定するわけにはいかなかった。しかし、治《ち》において武は不要である。そこで幕府は、武官を文官《ぶんかん》の上位におきながら、実権を与えないようにした。つまり、文官こそが幕府における花形《はながた》であり、出世の早道となった。

そのことに気づいた旗本の多くは、舵《かじ》をきった。剣術をするより、算術《さんじゅつ》を学べ、槍《やり》を握るより筆を持てと変わった。こうして旗本は武術をないがしろにしていった。

「事実だ。この目で見たからな」

先日、左伝は無頼の浪人を雇い、聡四郎と玄馬を襲わせていた。残念だが、浪人たちはなんの成果もあげず、倒されてしまっていた。

「ということは、我らよりも先に雇った者がおると」

「相手の腕を知らずに、突っこむ猪《いのしし》はおるまい」

佐藤へ左伝は隠さなかった。

「そこそこ遣う連中だったが、あっさりと倒された。ちなみに本日の払いは、そいつらの後金だ」

淡々と左伝は告げた。

金で刺客を雇う場合、最初に全額渡すことはなかった。刺客を引き受けるような連中は、卑怯《ひきょう》と罵《ののし》られようとも気にしない者ばかりである。金だけもらって逃げるなど平気でやった。そこで、依頼は最初に半金、ことをなしてから残りの半金というのが普通であった。

先夜の聡四郎と玄馬襲撃は、失敗している。当然、後金の支払いを左伝はしていないうえ、その金を伊賀組へ返してもいなかった。

「…………」

佐藤が沈思《ちんし》に入った。

左伝は邪魔せず、酒を一人飲んで待った。

「おぬしはどうするかと訊くまでもなかったな」

傍《はた》から見てもわかるほどやる気を出している山下へ、佐藤が苦笑した。

「儂への褒美《ほうび》はなんだ」

「金でよいか。道場建築代の代わりに十両出そう。前金とは別に」

左伝が告げた。

「十両か、吾の分だな」

「さよう」

「それだけあれば、田舎で喰うだけの田畑を買えよう。吾ていどの剣術では、身が立てられぬと知ったしな」

佐藤が納得した。

十両盗めば首が飛ぶ。御定書《おさだめがき》にも書かれていることからわかるように、十両は大金であった。物価の高い江戸でさえそうなのだ。少し田舎にいけば十両あれば、ちょっとした土地が買えた。

「やってくれるか」

「やる」

最初に山下が声を出した。

「受けよう」

意気込む山下の様子に苦笑しながら、佐藤も首を縦に振った。

「では、今夜は痛飲《つういん》してくれ。日程などは一任する」

左伝が告げた。

「よろしゅうございますか」

話し終えるのを待っていたように、旅籠の女が入ってきた。

「ああ。吾はこれで帰る。支払いはすませておく。帰りに釣りがあるようならば、受け取ってくれ」

左伝が立ちあがった。

「すまぬな」

「馳走《ちそう》になりまする」

二人が礼を述べた。

「心付けも帳場《ちようば》に預けておく。二人を楽しませてやってくれ」

「あい」

「お任せくださいな」

心付けをもらった二人の飯盛女がうれしそうに微笑《ほほえ》んだ。

「では、良い報告で再会できることをな」

そう言って左伝は、旅籠を後にした。

「出てきたか」

じっと見張っていた伊賀者が、すぐに左伝を見つけた。

「……一人」

旅籠の女に見送られて出てきたのは左伝だけであった。

「なにっ」

左伝は江戸へと向かわず、東海道を上り始めた。

「逃げ出す気か」

驚く伊賀者を尻目に、左伝は早足で品川宿を突っ切っていく。

「……くそっ」

左伝の出てきた旅籠へ目をやって、伊賀者がためらった。

「手がたりぬ。対番《ついばん》がおらぬのが響いた」

伊賀者が焦《あせ》った。

基本、伊賀者は二人で動く。一人が任につき、もう一人はその見張りと援護の後《ご》詰《づ》めをするのだ。しかし、今回は一人きりであった。任が左伝を見張るという簡単なものであったこともある。だが、真実は人手が足りなかった。

御広敷伊賀者は、大奥の警固を職務としている。定員は一定していないが、おおむね六十人内外と他の伊賀組より多いとはいえ、その警固する範囲は広い。大奥は江戸城本丸の半分以上を占めるのだ。当番、宿直《とのい》番、非番の三交代でこなしているとはいえ、ぎりぎりであった。そこへ水城聡四郎と敵対したことで、何人もの伊賀者を失ってしまった。

そう、御広敷伊賀者の余力がなくなっていた。

本来ならば、いろいろな事態に対応できるよう、二人以上で向かわせるべき任とわかっていても一人しか出せなかった。

「ええい。逃がすわけにはいかぬ」

伊賀者が、旅籠の前を離れ、左伝の後を追った。

品川の宿場は、南北およそ二十丁（約二千二百メートル）、家数およそ一千五百をこえる。左伝が足を止めた旅籠は、その品川宿の北に位置していた。そこから左伝は、品川宿の南端大井村《おおいむら》との境まで来た。

「……宿を出たら殺さねばならぬ」

半丁（約五十五メートル）ほど離れてつけている伊賀者が懐へ手を入れ、棒手裏《ぼうしゅり》剣《けん》を握った。

伊賀者は藤川から、万一の処理も命じられていた。

なにせ、左伝は御広敷伊賀者の弱みと、汚点を握っている。もし、御広敷伊賀者が御広敷用人を襲ったなどと左伝に訴えられでもしたら、大事であった。

「…………」

気配を消して、伊賀者が間合いを詰めた。

手裏剣必殺の間合いは、意外と狭い。二十間《けん》（約三十六メートル）届くが、確実に急所を仕留めるとなれば、十間（約十八メートル）以内に目標を捉《とら》えるべきであった。

「あほうが」

背中に殺気を感じて、左伝が嘲笑した。

「久しぶりに海の匂いも嗅《か》いだ。さて、帰るか」

わざとらしく大きな独り言を口にして、左伝は振り返った。

「……っっ」

迫りつつあった伊賀者がたたらを踏んだ。

「なにか」

目の合った伊賀者へ左伝が問うた。

「いや、なんでもござらぬ」

伊賀者が首を振った。日中後をつけるのに忍《しのび》装束《しょうぞく》ほど目立つものはない。伊賀者はどこにでもいる下級藩士のような出で立《いた》ちをしていた。

「さようか。気のせいであったかの。拙者を狙う者がいたような感じがしたのだが」

左伝が伊賀者を見つめた。

「存ぜぬな。では、先を急ぐのでこれで」

伊賀者は、そのまま歩き出した。

「……まだ見ている」

宿場のはずれをこえても、左伝が立ち止まったまま伊賀者を見ていた。背後にいながら、江戸へ戻る方向へ進むわけにはいかない。伊賀者は、そのまま東海道をのぼっていくしかなかった。

「なさけないほど愚かだ。あれが、吾と同じ血筋かと思うと泣きたくなるわ。じっと旅籠を見張っているべきだったのだ、おまえは。小半刻《こはんとき》（約三十分）も目を離せば、その間に出入りされたというおそれを否定できぬ。今さら戻って見張ったところで、店から出てくる誰を疑うか、それさえもわかるまい。吾の陽動《ようどう》にあっさり引つかかったうえに、殺気をもらすなど……」

伊賀者の姿を見送りながら、左伝がため息をついた。

「さて、帰るとするか」

左伝は踵《きびす》を返した。

三

竹姫《たけひめ》付き御広敷用人となった水城聡四郎は、八代将軍吉宗の命《めい》で購入した鏡《かがみ》と鏡台を持って、中奥《なかおく》の将軍御《お》休息《きゅうそく》の間へと伺候《しこう》した。

「水城か。それは」

御休息の間に入るには、御側《おそば》御用取次《ごようとりつぎ》の加納近江守久通《かのうおうみのかみひさみち》の許しを得なければならなくなっていた。これは、幼かった七代将軍家継《いえつぐ》を侮った老中《ろうじゅう》たちが、御用を盾に御休息の間へ自在に出入りし、思うがままに振る舞っていたのを止めるためであった。

「そのようなご用件、お取り次ぎいたしかねまする」

たとえ老中であっても御側御用取次の許可なく、御休息の間へ足を踏み入れることは禁じられている。破れば、罷免《ひめん》ではすまない罰が与えられた。

「上様《うえさま》より、竹姫さまへの贈りものを購《あがな》って参りました」

聡四郎は用件を告げた。

「なるほどの。それでよいかどうかをお伺いしたいと」

「はい」

加納近江守の確認に聡四郎は首肯した。

「しばし待て」

御休息の間へと加納近江守が消えた。

吉宗からは任せると言われていたが、どのようなものを竹姫に渡したかを見ておいてもらわなければならなかった。

男が惚《ほ》れた女に贈る初めての品なのだ。それを家臣に丸投げしたとわかれば、女の興《きょう》がさめかねない。次に吉宗が竹姫のもとを訪れたとき、どれが贈りものか一目で見抜けなければ、選んだのが吉宗でないとばれてしまう。そして、それを見た竹姫が、少しでも残念な表情をすれば、それこそ聡四郎の身にかかわった。

形だけとはいえ、吉宗の娘婿である聡四郎に改易《かいえき》や切腹《せっぷく》などの罪が言い渡されることはない代わりに、今以上に過酷な役目へ異動させられるのは確実であった。

「お許しが出た」

すぐに加納近江守が呼びに来た。

「ご免を」

御休息の間下段の襖際《ふすまぎわ》で膝《ひざ》をついて、聡四郎は一礼した。

「婿よ。どうした。もっと近《ちこ》う寄れ」

上段の間から吉宗が手招きした。

「はっ」

すなおに聡四郎は従い、上段の間と下段の間の境まで進んだ。

「これっ」

同席していた小姓《こしょう》組頭が、聡四郎を叱った。

本来、貴人から声をかけられても、すぐに近づいてはいけなかった。ご威光に圧せられて、動けませんという体《てい》で、身を振るだけに留《とど》め、三度呼ばれて初めて歩を進めるのが城中の決まりであった。

「そなた」

小姓組頭への返答は、聡四郎ではなく吉宗であった。

「無駄な礼儀で、躬《み》のときを費やせというか」

「け、決してそのようなつもりではございませぬ。しかし、いきなり上様のお側《そば》まで近づくというのは……」

叱られた小姓組頭が、汗を掻いて言いわけした。

「躬が呼んだのを聞いていなかったのか」

「い、いえ」

一気に声を冷たくした吉宗に、小姓組頭が震えた。

「吾が意に染まぬ。近江」

吉宗が寵臣《ちょうしん》を見た。

「承知いたしましてございまする。ただちに奥右筆《おくゆうひつ》へ命じまして後任を推薦させまする」

加納近江守が述べた。

「……お、お許しを」

小姓組頭が平伏《へいふく》した。

「躬の意を汲《く》めぬ者など不要である。下がれ」

「なにとぞ……」

額《ひたい》を床にこすりつけて、小姓組頭が慈悲を願った。

小姓組頭は、将軍の警固を担うとともに、話し相手も務める。名門旗本から選ばれ、将軍のもっとも側近くに仕えるため、その働きが目に留まりやすく、出世していくことも多い。まさに、旗本垂涎《すいぜん》の役目であり、その地位を狙う者はいくらでもいた。

「放り出されたいか」

吉宗の口調がきつくなった。

自ら下がるのと、両腕を押さえられて出されるのとでは大きな違いがあった。前者は御役御免だけですむが、後者は将軍が直接罰を言い渡したとして、軽くて減禄、重ければ切腹となった。

「…………」

無言で小姓組頭が、御休息の間を後にした。

「一同、遠慮いたせ」

続けて吉宗が他人払いを命じた。

「そなたも出よ」

いつものように加納近江守が、太刀持ちの小姓から、吉宗の佩刀を受け取り、促した。

「ご免」

たった今、組頭の罷免を見せつけられたばかりである。一瞬の躊躇《ちゅうちょ》もなく、太刀持ちの小姓も一礼して、出ていった。

「よろしいのでございまするか」

聡四郎が危惧《きぐ》した。

太刀持ちの小姓は、吉宗の佩刀を捧《ささ》げ、いつでも差し出せるようにと控えているだけでなく、万一のおりは身を投げ出して、盾となる。いわば、将軍最後の守りであった。

「そなたがおるのにか。今、躬を襲う者がいても、そなたが通すまい」

吉宗が笑った。

「いえ。あれで上様の盾と」

「あいかわらずおもしろみのない奴じゃ。吾が盾は見えぬところにおる」

意見する聡四郎へ、吉宗が御庭之者の陰警固を口にした。

「で、なにを購《あがな》ってきた」

吉宗が話を切り替えた。

「これを」

手にしていた風呂敷包みをそのまま、聡四郎は上段の間へと置いた。風呂敷包みのなかに武器を隠している怖《おそ》れを案じて、持参した者がその包みを開けないのが慣例であった。

「開けろ。面倒かけるな」

「はっ」

言われて聡四郎は風呂敷包みをふたたび手に取り、解いた。

「ほう。鏡か」

ぐっと吉宗が身を乗り出した。

「よく見れば、なにやら彫り物がしてあるの……それは竹か」

鏡を置く台には、竹が浮かし彫りされていた。

「名にちなんだか。よいの、聡四郎」

満足そうに、吉宗が膝を叩いた。

「お気に召しましたでしょうか」

「そちにしては上出来じゃ」

吉宗が褒《ほ》めた。

「つきましては上様」

「なんだ。褒美か」

「いいえ」

聡四郎は首を振った。

「この鏡を購いました店で聞いたのでございまするが……意中の女性《にょしょう》へ鏡を贈られるならば、この鏡の裏へお名前を忍ばせるとよいそうでございまする」

「みょうな風習じゃの」

鏡の裏に名前を書く。意味がわからないと吉宗が首をかしげた。

「おそれながら上様」

佩刀を捧げていた加納近江守が言葉を発した。

「申せ」

吉宗が口出しを許した。

「それはおそらく、陰ながらいつも見守っているという意味ではございますまいか」

加納近江守が述べた。

「そうなのか、聡四郎」

「近江守さまのご明察どおりでございまする」

聡四郎は一礼した。

「筆をもて」

「はっ」

命じられた加納近江守が、器用に左手だけで吉宗の佩刀を捧げながら、文箱《ふばこ》を右手で持った。

「どうぞ」

「うむ」

差し出された文箱を、吉宗が受け取り、蓋《ふた》を開けた。

将軍の使用する墨は、朝餉《あさげ》の終わる前に、小納戸《こなんど》によって摺《す》られる。将軍はいつでも思い立ったときに筆を持てるようになっていた。

「聡四郎、鏡を」

「はっ」

鏡を拝むようにして掲げながら、聡四郎は吉宗に近づいた。

「……これでよかろう」

一筆だけ吉宗が走らせた。

「これを竹のもとへな」

「お預かりいたしまする」

聡四郎は吉宗の筆が入った鏡を、一層高く押し頂いて、台へと戻した。

「下がってよい。ご苦労であった」

「はっ」

平伏して聡四郎は、立ちあがった。

「水城」

吉宗が呼び止めた。

「はっ」

聡四郎は緊張した。吉宗は聡四郎を婿あるいは名前で呼び分けていた。婿のときはからかい、名前のときはまじめな用件のことが多い。

「伊賀はどうだ」

吉宗が問うた。

「……変わらずでございまする」

聡四郎は苦笑した。

「馬鹿を続けておるのか」

「…………」

肯定せず、聡四郎は黙った。

御広敷伊賀者の直属の上司が、御広敷用人なのだ。いわば、聡四郎は部下に叛乱《はんらん》を起こされている形である。同意は、聡四郎に十分な管理能力、指揮能力がないことを認めてしまうことになる。

「情けなきよの」

「申しわけもございませぬ」

嘆息する吉宗に、聡四郎は詫《わ》びた。

「これくらいのこと、さっさと片付けられずして、どうして執政《しっせい》となれようか」

吉宗が物騒《ぶっそう》なことを口にした。

「お戯《たわむ》れを」

聡四郎は冗談として聞き流そうとした。

「今でも勘定奉行くらいはできよう。そののち町奉行、そして若年寄《わかどしより》へあがり、数年で大坂城代《じょうだい》へ転じ、三年ほどで呼び返し、老中へ。十五年あれば、今の執政どもと同じていどにはなれる」

「上様」

簡単に言う吉宗へ、聡四郎は抗議の声をあげた。

「わたくしにその器量はございませぬ。今のお役でさえ、満足にこなせておりませぬ。そのうえ勘定奉行、ましてや執政など、とても無理でございまする」

「今はそれでもよい。だが、十五年後はならぬ」

吉宗が断じた。

「躬は幕府を変えるために、紀州から将軍となった」

「…………」

聡四郎は口を閉じて、吉宗の話を聞いた。

「幕府は腐っている。長き泰平《たいへい》に慣れ、武家はその本来の気概《きがい》を失い、庶民は慎ましさを忘れた。人々は質素倹約を忌避《きひ》し、浪費と贅沢《ぜいたく》を美徳《びとく》としている。たしかに、そのお陰で人々の生活は裕福になった。だが、このまま繁栄は続くのか」

問いかけた吉宗だったが、聡四郎の返答を待たず、話を続けた。

「続かぬ。理由は簡単だ。贅沢と浪費を支えるには、それ以上の生産がなければならぬ。だが、我が国は四方を海に囲まれている。これ以上国土の拡張はできぬ。また、山地が多く、田畑を創るのにも限界がある。いつか生産が頭打ちになることは明白。消費が生産を上回ればどうなる」

今度は答えろと、吉宗が間を空《あ》けた。

「飢えまする」

「そうだ。喰えぬ者が増える。さて、米ではなく、これを金に換えてみよ。躬の言う状況になっておるのではないか、すでに。禄《ろく》をはるかにこえる借財をほとんどの旗本が負っている。禄が増えるあてなどないにもかかわらずだ」

「…………」

今度は聡四郎はなにも言えなかった。

勘定吟味役《ぎんみやく》を経験したことで、聡四郎は幕府の財政を知った。それは同時に旗本の内情でもあった。

「入る金はかわらないのに、贅沢をすることで支出が増え、足りなくなった分を借りる。金を借りれば利子が付く。百両借りれば百十両返すことになる。十両、己の財産が減る。病《やまい》や火事などやむを得ぬ借財はよい。それを返せば終わるからな。だが贅沢をするための借金は終わりがない。己の目が覚めるまで永遠に続く。一代だけで終わらぬ。生まれたときから白米を食べた者は、玄米を嫌がる。生まれ性にして贅沢が染《し》みついていては、辛抱などできまい。旗本たちが数代にわたる借財を抱《かか》えているのが当たり前になっている。これは正しいのか」

「いいえ」

吉宗の言葉に、聡四郎は首を振るしかなかった。

「武家の禄という形もよくないのかも知れぬ。本人になんの手柄がなくとも、先祖代々の禄は与えられる。どれほど借財をしても、収入はとぎれぬからな」

「それは……」

思わず聡四郎は口を挟んだ。禄の否定は、武家の根本を崩す。

「わかっておるわ」

吉宗が聡四郎を制した。

「禄を受け継がせぬなどと言ったならば、その日のうちに、躬は殺される。小姓が、小納戸が、老中が、刺客となってな」

苦い顔を吉宗がした。

「ただ、このままにしてはおけぬ。先祖は能ある者であったかも知れぬが、子孫までそうとはかぎらぬ。能力のない者に高禄を与え、役を与える気はない。もちろん、代々の禄を取り上げなどせぬぞ。そなたに刃《やいば》を向けられてはたまらぬからの」

「そのようなことはいたしませぬ」

とんでもないと聡四郎は憤った。

「わかっておるわ。身内まで疑っては、生きておられぬ」

吉宗が聡四郎を宥《なだ》めた。

「躬は、役目に禄をつけようと思う」

「役目に……」

「そうだ。今、役目は格《かく》で選ばれている。目付《めつけ》ならば千石内外の旗本が任じられる。これを変える。目付にふさわしい者ならば五百石、三百石《ごく》でもよい。役目に就け、その代わり千石に足りぬ分を、在任中だけ支給してやる。こうすることで、家柄だけで役目にありつく無能を排し、能力があっても格が足らなかった者を登用できるであろう。そのうえ、役目に応じた加増ではなく、そのときだけの足高《たしだか》ならば、役を降りれば出さずともすむ。幕府の負担も少ない」

「たしかにさようではございますが……」

聡四郎には、吉宗の案への反発が予想できた。

「言わずともよい。文句を言う者は出よう」

吉宗もわかっていた。

「出の身分で侮る馬鹿は、いつの世にもおる。己がなにをしたわけでもなく、ただ名門の家に生まれたというだけで、偉いと思いこんでいる愚か者は多い」

鼻先で吉宗は笑った。

吉宗は紀州徳川家二代当主光貞《みつさだ》の四男に生まれたが、決して大切にされてはいなかった。吉宗の母の身分が低すぎたためであった。

吉宗の母浄円院《じょうえんいん》は、熊野詣《くまのもう》での巡礼《じゅんれい》の娘であった。和歌山《わかやま》城下まで来たところで、母が病で亡くなったため、浄円院は村預かりとなり、のち、和歌山城へ奉公《ほうこう》に上がった。和歌山城内で湯殿《ゆどの》係の女中になった浄円院に、光貞が手をつけ吉宗が生まれた。しかし、母の出自《しゅつじ》がさだかでなかったため、光貞は認知せず、出生後は家臣の家で育てられた。

主君の血筋であっても認知されない子供の扱いなどよいわけもなく、吉宗はわずかに付けられた数名の家臣を傅育《ふいく》役に、下級藩士の息子と変わらない生活を送った。その吉宗が、まさに天の配剤ともいうべき幸運をもって、八代将軍となっていた。

「人は生まれではない。育ちなのだ。それをそなたが体現してみせよ」

「わたくしが、でございまするか」

「そうだ。そなたは、算盤《そろばん》一つ見たこともない育ちから、みごと勘定吟味役をこなしてみせ、躬の目に留まった。ゆえに、躬はそなたを大奥取り締まりの役目である御広敷用人へと据えた。これは、幕府の裏を握るのは大奥だからだ。そして、今の大奥は、天英院《てんえいいん》と月光院《げっこういん》によって大きく乱れている」

吉宗が続けた。

「大奥の役目は二つある。一つは次代の将軍を産み、育てること。もう一つは将軍の心を癒《いや》すこと。今の大奥にそのどちらもない。どころか逆じゃ。躬を疲れさせることしかせぬ」

「………………」

これも返答しにくかった。聡四郎はまたも沈黙した。

「ゆえにそなたに投げた」

「投げた……」

言いようの雑さに、思わず聡四郎はあきれた。

「そうだ。躬は幕府を変えるだけで手一杯じゃ。大奥まで面倒見ておられるか」

あっさりと吉宗が言い切った。

「金の次は女。どちらも並の者では扱いかねるものだからな。両方をこなせば、そなたの能力は証明される。出世しても文句は出るまい」

「はあ」

あいまいな返答を聡四郎はした。

「できる者が累進する。あたりまえのことだが、いきなり御家人《ごけにん》を町奉行や目付にはできぬ。それこそ、反発はすさまじいだろう。だが、先ほど躬の言ったやり方、足高と呼ぶつもりでおる、は必須なのだ。なればこそ、そなたなのだ」

「仰せの意味がわかりかねまする」

ようやく話が戻ってきた。が、いっそうややこしくなり、聡四郎の理解をこえていた。

「鈍いの」

吉宗が嘆息した。

「そなたは、なんだ」

「御広敷用人を拝命いたしております、旗本でございまするが」

聡四郎が答えた。

「その前に、そなたは吾が一門である。たとえ、義理であってもな」

「なにを……」

吉宗の意図を聡四郎ははかりかねていた。

「小禄の旗本とはいえ、そなたは吾が婿。格でいけば御三家《ごさんけ》に匹敵する。つまり、格式家柄を何よりとしている者にとって、文句のつけようがない。そなたが家禄に合わぬ役目に就いたところで、その点での異論は出せぬ。あとは、そなたがふさわしいだけの結果を出せばいい。別の形として、小禄の出の旗本が高き役目をこなしたことになる。これは前例だ」

「わたくしは、例《ためし》だと」

「そうだ。そなたは、足高のための前例とならねばならぬ。いつまでも大奥にかかわりあっていさせるわけにはいかぬ。次の段階へ進んでもらわねばならぬ」

「次でございまするか」

「うむ。無事、竹が御台所《みだいどころ》となったならば、そなたを遠国奉行へと転じさせる」

「遠国奉行……」

聡四郎は絶句した。遠国奉行はその赴任地《ふにんち》では最高の権力を持つ。どころか、周辺の大名《だいみょう》への影響力もある。それだけに難しい役目であった。

「幕府を立て直すため、躬の政《まつりごと》を成就させるため、さっさと大奥を片付けよ」

「…………」

呆然《ぼうぜん》とする聡四郎に、吉宗が手を振った。

「下がってよい」

将軍の言葉にさからうことはできなかった。聡四郎は一礼して、御休息の間を後にした。

四

御広敷用人の部屋は、大奥御広敷のなかにある。衝撃を引きずったままで用人部屋に戻った聡四郎だったが、そのままふさぎこんでいるわけにはいかなかった。

吉宗の筆の入った鏡を、できるだけ早く竹姫へ渡さなければならないのだ。しかし、いかに竹姫付き用人《ようにん》とはいえ、聡四郎は男である。竹姫の局《つぼね》へ入ることはできなかった。

聡四郎はまず御広敷との応対を担当する大奥表使《おもてづかい》を呼び出した。呼び出したと言っても、大奥女中を御広敷へ呼びこむわけにはいかない。表役人が大奥と折衝《せっしょう》するときは、こちらから出向くのが決まりであった。

「御広敷用人水城聡四郎、御用にて表使どのと面談願いたい」

御広敷と大奥を繋《つな》ぐ下のご錠口《じょうぐち》で聡四郎は声をあげた。

「承《うけたまわ》った」

ご錠口の向こうから返答があった。

「一人供《とも》を願おう」

御用とはいえ、表役人が一人で大奥へ入ることは避けるべきであった。なにかあったときの証人として、御広敷用達を同行するのが慣例となっていた。

御広敷用達は、大奥へ納められる道具類を差配《さはい》する。大奥女中たちと顔を合わすことも多い。また、大奥の雰囲気にも慣れていた。

「お持ちいたしましょう」

御広敷用達が聡四郎の手にある風呂敷包みへ手を伸ばした。

「上様よりのお預かりものでござる」

「……それは」

慌てて御広敷用達が手を引いた。

御広敷用達は二百俵高で譜代《ふだい》席、御台所の御用を承ることもあるため目見《めみ》え以上になる。といっても、御家人からあがった者がほとんどで、将軍家にかかわりのあるものに触れるのは、畏《おそ》れ多い。

「通られよ」

表役人を受け入れる準備ができたと、大奥から声がかかった。

「ご免つかまつる」

聡四郎は下のご錠口へと足を踏み入れた。

御広敷との通行口である下のご錠口は、大奥表使の管轄になる。御広敷側からは開け閉めすることはできなくなっていた。

下のご錠口を抜けたすぐ左が、大奥と表役人の面談をおこなう場、御広敷座敷であった。御広敷座敷は上段、下段の二間からなり、使者は上段の間へ入れるが、供は下段の間で控えていなければならなかった。もちろん、供は証人、監察としての役目である。上段と下段の間を仕切る襖《ふすま》は開け放たれており、なにをしたか、どのような話をしたかは、筒抜けであった。

「大奥表使、初雲《はつくも》である」

上座《かみざ》で待っていた表使が、威丈高《いたけだか》に名乗った。

「御広敷用人、水城聡四郎でござる」

聡四郎は一礼した。

大奥表使は、序列でいけば上臈《じょうろう》から数えて八番目、お鈴廊下《すずろうか》番の下とさほど高い身分ではないが、大奥一切の買いものを司《つかさど》り、御広敷総取締り役の留守居《るすい》との交渉も担当した。その権力は、大奥第二位の年寄《としより》に次ぐといわれ、お目見え以上の旗本の娘のなかからとくに優秀な者が選ばれた。これらのこともあり、本来同格である御広敷用人を下に見ていた。

「で、用件はなんじゃ」

初雲が問うた。

「上様より、竹姫さまへ下されものがございまする」

隣に置いていた風呂敷包みへ聡四郎は目をやった。

「……上様より」

一瞬驚いた初雲が、急いで座を下がった。

「上座へ移られよ」

初雲が聡四郎へ勧めた。

「では、ご免」

風呂敷包みを掲げて、聡四郎は上座へと移動した。

「竹姫さま付きの者を呼び出せ」

「ただちに」

首肯した初雲が、部屋の隅に控えていた御広敷と称される雑用係の女中へ合図した。

「はい」

数名いた女中の一人が出ていった。

大奥では、どのような状況であろうとも、男女二人きりになるのは禁忌《きんき》であった。また、無用の会話も疑いを招くとして、避けなければならなかった。

それから聡四郎は、竹姫付きの女中が来るまで、茶も出されず御広敷座敷でただ座って待った。

「お呼びでございまするか」

大奥の廊下は、火災など非常時でなければ走ってはならない。小半刻（約三十分）近く経《た》って、ようやく竹姫付き中臈《ちゅうろう》の鈴音《すずね》が、御広敷座敷へやって来た。

「上様よりの下されものでございまする」

口調だけはていねいに、初雲が出迎えた。

大奥での実力となると、忘れられた姫と呼ばれる竹姫付きの中臈は、表使に比してまったくないといっていい。ただし、格だけは中臈が上であった。

「水城どの」

初雲が促した。

「お初にお目にかかる。竹姫さま付きを命じられた水城聡四郎でござる」

入ってきた中臈の顔に見覚えのなかった聡四郎は名乗った。

「新たに竹姫さまのもとへ京より参りました中臈鈴音でございまする」

鈴音も応じた。

「京よりお見えのお方か」

聡四郎はあらためて鈴音を見た。

「はい」

無表情で鈴音が首肯した。

「これに上様より、先日の茶会のお礼として、下されたものがございまする」

余分な会話だと気づいた聡四郎は、本来の用件に戻り、風呂敷包みを鈴音のほうへ押した。

「上様より……」

深く風呂敷包みへ礼をして、鈴音が受け取った。

「拝見つかまつりまする」

風呂敷包みをていねいに鈴音が解いた。主よりも先に拝領ものを見る。無礼なようであるが、当然しなければならないことであった。品物に異状がないかどうかを検品しなければ、万一のときの責任問題となる。とくに拝領ともなると、壊しただけで切腹ものである。

「つつがなく」

じっくりと鏡台を調べた鈴音が、風呂敷へ包みなおした。

「たしかに受け取られたな」

「はい」

「検分《けんぶん》いたしましてございまする」

念を押す聡四郎に、鈴音がうなずき、初雲が確認したと述べた。これも決まりごとであった。あとで渡したの渡してないのとか、壊れていたとかどうとかの苦情を出さないためのものであった。

「ではお預かりいたしまする」

鈴音が風呂敷包みを目より高く差しあげながら、立ちあがった。

「澪《みお》」

鈴音が廊下で待たせていたお末《すえ》を呼んだ。

鏡台を包んだ風呂敷は、大きくかなり重い。女が目よりも上へ捧げるのはかなりつらく、持つだけで精一杯となり、襖を開けたり足下《あしもと》を確認したりするのが難しくなる。かといって目見えできない身分のお末に将軍からの賜《たまわ》りものを持たせるわけにはいかない。

鈴音は澪に目の代わりをさせようとしていた。

「ご無礼を願いまする」

一度平伏《へいふく》した澪が御広敷座敷へ入った。

本来、御広敷座敷へ足を踏み入れられないお末だが、こういった場合においては黙認されていた。

「どうぞ、まっすぐ三歩お進みくださいませ。四歩目に畳の縁《へり》がございまする。四歩目から少し小刻みになされ、二歩目でおまたぎになられますよう」

赤子に言うように、澪が告げた。

「うむ」

鈴音が首肯した。

畳の縁を踏むのは礼法に反している。表御殿《おもてごてん》でも、畳の縁、敷居を踏んだところを目付に見られれば、ただちに下城停止となり、半日絞られる。大奥でも同じであった。

将軍からの拝領品が部屋を出るまで、他の者は身動きできなかった。もし、動いて鈴音に当たるなどすれば、それこそ大事になる。

聡四郎も鈴音のゆっくりとした歩みを見守った。

「あっ」

「お気を付けくださいませ」

鏡台の重さに、上半身を揺らした鈴音の背後に、澪がすばやく回って支えた。拝領品を落とせば、鈴音の命はない。

「ご苦労である」

鈴音が褒めた。

「いえ」

賞せられた澪が、恥ずかしげに顔を伏せた。

風呂敷のやりとりをしてまだ五歩も進んでいない。鈴音と聡四郎の距離は一間《けん》半(約二・七メートル)ほどしか離れていない。その鈴音の背中に貼りついた澪にいたっては、一間少しと近かった。

「ゆっくりとお進みを」

そう声をかけながら、澪が鈴音の背中から手を離した。

「わかっておる」

刻むように鈴音が足を出した。

「……うん」

見ていた聡四郎は、違和を感じた。澪の左つま先が、廊下ではなく聡四郎へと向いていた。

「…………」

不意に澪が聡四郎へと跳びかかってきた。右手を帯の間に入れ、すばやくなにかを取り出し、聡四郎へ向けて振った。

「なんだと」

聡四郎は咄嗟に、後ろへ倒れた。聡四郎の喉《のど》のあったところを剃刀《かみそり》が通過した。

「ちっ」

かわされたと知った澪が、追撃をかけた。倒れている聡四郎の上へ馬乗りになろうとした。

「たわけ」

聡四郎は間合いに入った澪の腹を思いきり蹴《け》りあげた。

「浅い」

手応えの軽さに聡四郎は、澪が後ろへ跳ぶことで威力を減じたと見抜いた。

「くそっ」

間合いを空けさせられた澪が、舌打ちした。

「剃刀か」

澪の右手に握られているのが、剃刀だと聡四郎は気づいた。

女の城である大奥には、みょうな決まりがあった。鋏《はさみ》と針《はり》は、そのすべてを呉服の間が厳重に管理し、針一本でもなくなれば、女中を裸に剝いてでも見つかるまで探すのに対し、身体の手入れに使うという理由で剃刀は個別に持つことが許されていた。

「な、なにを」

呆然としていた初雲が、ようやく吾に返った。

「ひ、控えよ。お末」

初雲が叱りつけた。

「しゃっ」

制止を無視した澪が、右手を振って聡四郎を牽制《けんせい》した。

「……くっ」

聡四郎は起きあがることもできなかった。どのような名人上手でも、寝ている状態から起きあがるときにできる隙をなくせなかった。また、大奥も殿中《でんちゅう》であり、刀を抜くことは禁じられていた。

「二度目とはいえ、面倒な」

大奥で襲われるのは、勘定吟味役のときにもあった。あのとき、聡四郎は勘定吟味役として、大奥の金の流れを確認しにきていた。今回は、御広敷用人として、吉宗の贈りものを竹姫に渡すためである。前回は大奥全体を敵に回しかねない状況であったが、今回は違う。初雲のようすからも、聡四郎は大奥全体の意思ではないと確信した。だからといって、うろたえる初雲が役に立つとは思えなかった。

「死ね」

聡四郎の足を警戒して、大きく上へ跳びあがった澪が落ちるようにして襲ってきた。

「馬鹿が」

空中で姿勢を大きく変化させるのは至難《しなん》の業《わざ》である。澪の狙いをさとった聡四郎は、身体をひねって左へとかわした。

「逃がさぬ」

澪が右手を伸ばして追いかけようとしたが、空中では限界があった。澪の手は聡四郎に届かず、畳表を裂くだけに留まった。

「なんの」

さすがに顔から落ちるようなぶざまなまねはしなかったが、降り立った澪の体勢が崩れた。

「……ふん」

聡四郎は一拍の隙を利用して、身体を跳ね、起きあがった。

「なにやつだ」

懐へ手を入れ、聡四郎は手拭いを取り出した。脇差《わきざし》を帯びてはいるが、大奥は殿中である。白刃《はくじん》を抜くわけにはいかなかった。

「…………」

答えず、澪が沈黙した。

「初雲どの」

澪から目を離さず、聡四郎が呼んだ。

「な、なんだ」

まだ初雲は落ち着いていなかった。

「火の番をここへ」

「あ、ああ」

言われて初雲が思い出したような顔をした。

火の番は、大奥の火の用心と警衛を担う。お目見え以下の女中で武芸に秀でた者が選ばれ、別式女《べっしきめ》とも呼ばれた。大奥で武装することを許された唯一の女中であった。

「誰《たれ》ぞ、火の番を」

初雲が叫んだが、御広敷たちは腰を抜かしていて動けなかった。

「これを預かられよ」

鈴音が拝領品を初雲へ渡した。

「な、なにを」

初雲があわてた。

「しゃっ」

周囲の様相を気にかけず、澪が三度襲いかかった。

「おうよ」

落ち着いて聡四郎は対処した。

剃刀は刃渡りがほとんどない。相手の手の長さが間合いになる。男と女では背丈に差があるように、腕の長さも違う。不意打ちに失敗した澪の利はもうなかった。

「死ね」

小さく澪が剃刀を振った。

「澪、なにをしているか」

大声で鈴音が怒鳴りつけた。

「…………」

一瞬澪の目が鈴音へそれた。

「えいっ」

聡四郎は手拭いを手首の動きだけで使った。

「あつっ」

目を動かしただけ、対応の遅れた澪の顔へ手拭いが当たった。目つぶしをくらった澪が剃刀を落とした。

「動くな」

すばやく聡四郎が澪を取り押さえた。暴れる澪を聡四郎は腕を決めることで制した。

「火の番を早く」

いかに曲者《くせもの》とはいえ、大奥で女に触れるのはまずい。聡四郎が初雲を急かした。

「あ、ああ。広敷ども、なにをしておるか」

拝領品を持ったまま初雲がどなった。

「は、はい」

やっと御広敷女中が動いた。

「がっ」

不意に澪が大人しくなった。

「ひいいい。血が」

座敷に残っていた御広敷女中が悲鳴をあげた。

澪が舌を噛み、口から鮮血を溢《あふ》れさせていた。

「しまった」

聡四郎は失策を覚《さと》った。

「忍は自害するものと知っていた。轡《くつわ》をせねばならなかった」

これで手がかりは消えた。

「なんだったのだ。こやつは」

初雲が聡四郎へ訊いた。

「わかりませぬ。襲われたゆえ対応いたしましたが……大奥にはこのような危ない女中がおるのでございますか」

「そんなことはない」

責任を負わされてはたまらぬと初雲が否定した。

「それより、上様よりのお品を、血で汚れたところに置いてはおけませぬ」

「そ、そうであったな。竹姫さま付きの中臈どの、お返しするぞ。すぐに竹姫さまのもとへ」

初雲があわてて拝領品を鈴音へ返した。

「大奥で御広敷用人が襲われたなど、表沙汰になっては御広敷座敷を管轄する初雲どのにどのような沙汰がおりるか。ここは、乱心《らんしん》した女中が自害しただけといたすべきでございましょう」

聡四郎は襲われた原因が己だと理解している。それを隠すために提案した。

「それがよろしかろう」

あっさりと初雲が納得した。

「貴殿もよろしいな」

聡四郎は御広敷用達にも確認した。

「け、結構かと」

落ち着きを取り戻していない御広敷用達もうなずいた。

「では、これにて。お座敷の後片付けはお願いする」

「わかった」

目の前で血にまみれた女が死んでいるのだ。初雲がまだ状況を把握できていなくて当然であった。

初雲の動揺を利用して、聡四郎は大奥から逃げ出した。

第二章　陰湿な力

一

大奥御広敷での一件は、表使初雲の命で厳重に秘されたが、人の口に戸は立てられない。一日で大奥中に広まった。

「竹姫の局に勤める中臈のお末が、御広敷用人を襲った」

事実ではあったが、その背景をまったく考慮しないものであった。

「竹姫に用人が付いたのか。今さらなぜ」

今まで大奥でもっとも目立たなかった竹姫が、一躍注目の的《まと》になった。

「竹姫の用人は、吉宗の娘婿だそうだの」

月光院が、親しくしている上臈の松島《まつしま》へ話しかけた。

「と聞いておりまするが」

松島がうなずいた。

本来、上臈の松島が格からいえば、中臈でしかなかった月光院よりも上になる。しかし、月光院は、六代将軍家宣《いえのぶ》の寵愛《ちようあい》を受け、七代将軍家継を産んだ。いかに、次の将軍を産んだとはいえ、御台所である天英院が大奥の主であるため家宣の生存中は遠慮しなければならなかった。それも家宣が死ぬまでであった。

将軍御台所を頂点とする大奥である。将軍代替わりがあれば、その権力順位も変わる。家宣の死を受けて、天英院は御台所ではなくなり、大奥の主の座を失った。いや、正式には失ったはずだった。だが、新たに将軍となった家継は、まだ五歳でしかなく、御台所などいるはずもなく、天英院は前の御台所として大奥へ君臨し続けた。

そこへ割って入ったのが、将軍生母となった月光院であった。将軍生母とはいえ、側室は奉公人でしかない。当然、主人の妻であった天英院よりも身分は低い。しかし、その待遇に不満を持った月光院は、家継の傅育役で側衆《そばしゆう》となった間部越前守《まなべえちぜんのかみ》と組んだ。そう、表の権力と手を結んだのだ。

春日局《かすがのつぼね》が創立以来、大奥は江戸城のなかで、将軍の権威も及ばないとされていた。といったところで、大奥にかかる費用はすべて幕府がもっている。その幕府と月光院は繋がった。武家であろうが商家であろうが、金を握る者が強いのは変わりない。間部越前守と組んだ月光院の力は、天英院を凌駕《りようが》した。

少し前まで、一歩も二歩も引いた対応をしてきた月光院の後塵《こうじん》を拝する形になった天英院は激怒し、二人の仲は決裂した。

しかし、月光院の天下は長く続かなかった。

七代将軍家継が八歳で死んでしまったのだ。これで月光院は将軍生母ではなくなった。そして、天英院は、前の御台所から、二代前の御台所へと格下げになった。

権力の低下を怖れた二人は、八代将軍を吾が手で選ぶことで、次代への影響力を持とうとした。

天英院は夫家宣の弟で館林《たてばやし》藩主だった松平清武《まつだいらきよたけ》を、月光院は御三家の一つ紀州家の当主徳川吉宗を推した。

この争いは、松平清武が生母の身分が低すぎたことで、父綱重《つなしげ》から認知されず、家臣の越智《おち》家の養子となっていたのが足枷《あしかせ》となり、八代将軍は吉宗に決まった。

不利をさとった天英院は、途中で吉宗推薦へと態度を変えたが、最初からの味方と、途中で寝返ってきた者では、勝利の後の扱いが変わるのは当然である。なんとか、大奥から出されるのは防げたが、天英院の権力は一気に衰退し、月光院との差を明確につけられてしまった。

こうして吾が子の死を利用した戦いで、月光院は勝利したはずだった。しかし、吉宗は甘くはなかった。

疲弊した幕府の建て直しをすると決意して、紀州から江戸へ入った吉宗は、幕政に改革の大鉈を振るった。そして、その鉈の刃は、大奥まで斬り裂いた。

五代将軍綱吉《つなよし》の気ままを利用して肥大した大奥を縮小すると宣言していた家宣でさえ、倹約を命じるどころか十万両という大金を投じて局を新築するなど膝を屈したのに、吉宗はあっさりと大奥女中の追放をしてのけた。

天英院付きの女中より少なかったとはいえ、月光院付きの女中たちも大奥を放逐《ほうちく》された。このことで、月光院も吉宗が敵だと気付き始めていた。

「一門の者を付ける。竹姫を御台所にという噂は真《まこと》だと」

「でございましょうが、これで目はなくなりましたでしょう」

松島が首を振った。

「竹姫付きの中臈のお末とはいえ、上様の使者に刃を向けたのでございまする。あの気性の激しい上様が、このままですまされるとは思えませぬ。近いうちに竹姫さまは、仏門《ぶつもん》へ入られることになりましょう」

「そうか、そうか」

満足そうに月光院がうなずいた。

竹姫は京の公家清閑寺《くげせいかんじ》の出だが、五代将軍綱吉の養女となっている。聡四郎の妻紅《あかね》同様、血のつながりなどはないが、形だけとはいえ将軍の娘なのだ。直接吉宗へ竹姫が襲いかかりでもしないかぎり、罰を与えられることはない。その代わりが、出家であった。わずかばかりの手当と、一人二人の女中だけを連れて大奥を出され、仏門へ入り世俗《せぞく》とのかかわりをいっさい断つ。これは、女として首を討たれるも同然であった。

「お気になさいますな」

「わかった。では、妾《わらわ》は少し休む」

促されて月光院は、昼寝をしに奥へと引っこんだ。

「一同、お方《かた》さまのお休みをさまたげぬようにな」

注意を与えて、松島は月光院の局を後にした。

「待たせたか」

「いや、妾も今来たところだ」

大奥の北、七宝《しっぽう》の間へと入った松島を、迎えたのは上臈姉小路《あねこうじ》であった。

七宝の間は、妊娠した御台所、側室たちの産室である。吉宗に御台所はなく、また愛妾《あいしょう》を大奥へ連れてきていない今、七宝の間は使われていない。千人近い女が生活する大奥で、現在もっとも他人目《ひとめ》のない場所であった。

そんなところで他人払いをして、対立している天英院と月光院に仕える上臈が密会しているのは、吉宗へ対抗するためであった。

大奥女中の削減、さらに経費の切り詰めと、歴代の将軍が一度もできなかった大奥内部への切りこみを矢継《やつ》ぎ早《ばや》に打ち出してくる吉宗に脅威をおぼえた姉小路、松島は手を組んだ。もちろん仲の悪い互いの主には、内密だが、吉宗へ立ち向かうのに大奥が割れていては、勝負にならないと、二人は利害をこえて組んだのであった。

「先日の御広敷座敷のことで、月光院さまのご下問《かもん》があってな」

遅れてきた言いわけを松島がした。

「そちらもか。妾も天英院さまより、詳細を調べるようにと命じられたわ」

姉小路は近衛《このえ》家の出である天英院に付いて、京から派遣された女中であった。

「どう思う」

松島が問うた。

「あの表使初雲は、そちらの者であろう」

「知っていたか」

少しだけ姉小路が眉《まゆ》をひそめた。

「今の大奥は、月光院さまか天英院さまのどちらかに分かれているからな。こちらでなければ、そちらだ」

「竹姫さまのような、どちらでもないお方もおるぞ」

「ふん」

姉小路の抗弁を松島が鼻先で笑った。

「妾が申したのは、役に立つ者限定じゃ。忘れられた姫などどうでもよいわ」

「このまま忘れられていたほうが、よかったであろうがの」

姉小路がなんともいえない顔をした。

「初雲に事情を訊いたが、いきなりのことであまりよくわかっておらぬ感じであった。そのまま伝えるが……」

前置きして姉小路が語った。

「ふむ。前兆もなにもなしか」

松島も嘆息した。

「それとも、こちらで用意するあてがあったか」

松島が目を光らせた。

「あのお末と繫がっている……」

「ないとはいえぬ」

「だが、それは竹姫さまの足を引っ張ることになるぞ。鈴音が一条家でなく、近衛さまのかかわりだというならばわかるが」

難しい表情を松島が浮かべた。

天英院の父近衛基凞《もとひろ》は、娘婿の家宣が六代将軍となったおかげで、幕府という後ろ盾をえて、朝廷において専横《せんおう》を尽くした。

隠居した後は息子に関白《かんぱく》を譲り、己は太政《だじよう》大臣になるなど、朝議《ちようぎ》を壟断《ろうだん》する行為が目立ち、他の五摂家《ごせつけ》と何度もあたった。

その近衛基凞の力のもとであった家宣が亡くなったため、天英院の影響力も減衰している。一条家を始めとする他の五摂家にとって、力を取り戻す好機なのだ。さらに、新しく将軍となった吉宗が、一条家の分家にあたる清閑寺家の娘竹姫を御台所にしようとしている。うまく立ち回れば、近衛家と入れ替わる形で一条家がのし上がれる。竹姫は、一条家にとって、たいせつな宝であった。

「そうだな」

姉小路は己も京の公家の出だけに、そのあたりの事情をよく理解していた。

「偽りなく答えてくれ」

念を押してから、松島が訊いた。

「近衛家からも人が来るという噂があった。あのお末がそうなのであろう」

一条家が鈴音を出した。よそ者を受け入れない京だけに、なかの動きは派閥にかかわりなく筒抜けであった。なにせ、今は仇敵《きゅうてき》のような一条と近衛も近い親類なのだ。いや、近いどころではなかった。先祖を一つにする藤原《ふじわら》の氏であり、代を重ねる間に何度も婚姻をなした一門である。そのような仲と環境で、密《ひそ》かな動きなどできるはずなどなく、一条家の動きは近衛に筒抜けであった。

「出すとの報《しら》せは来たが、まだ江戸には入っていないはずだ」

秘事を姉小路は松島へ告げた。

「となると、あのお末はなにものだ」

「一応、あのお末を取り次いだお次によると、御家人の遠縁の娘となっているな」

「あてになるのか」

「なるまい。どうせ、金で名前を貸しただけであろう」

姉小路が首を振った。

大奥は将軍家の私《わたくし》である。当然、そこに入れる者は、将軍家に仕える者の縁者となる。一部御台所が連れて来た京の女もいるが、女中にかんしては旗本あるいは御家人の出と決められていた。ただ、そのさらに下、台所仕事や、掃除などの雑用をこなす女中は別であった。これらお末と呼ばれる最下級の女中は、大奥お雇いではなく、大奥女中たちが私的に抱える、いわば陪臣《ばいしん》であったからだ。

もちろん、お末になる御家人の娘も少なくはなかった。これは、食べかねている貧しい御家人の救済も兼ねているからである。しかし、それだけでは手が足りない、あるいは商家の娘が嫁入り修業として奉公を願うなどもあり、町人の出の者を雇い入れざるを得なかった。

それでも大奥である。形だけでも幕臣《ばくしん》でなければつごうが悪い。そこで、商家の者などは、金を渡して、貧しい御家人たちに親元となってもらい、大奥へ娘をあげた。

「追わせたか」

「一応問い合わせはさせたが……」

「まだ返事はないか」

「うむ。女中の親元とはいえ、我らに外へ出向くことは許されぬ。表役人の手を借りるのだが、なかなか動いてはくれぬ」

眉をひそめながら、姉小路が首を振った。

お末は身分が低い。調べる担当は目付《めつけ》どころか、徒目付《かちめつけ》でさえない。小人目付《こびとめつけ》という御家人のなかでも微禄のものが担当した。多忙な目付の配下小人目付は、本来目付の下役として供などをするのが任であり、なかなか個別の案件では動いてくれなかった。

「御広敷座敷のことをあからさまにできぬしの」

ことを表沙汰にすれば、目付が動く。調べは一気に進む代わりに、大奥へ目付を招き入れることになった。

「目付が出入りすれば、いろいろとうるさい」

老中でさえ訴えることができるのが目付である。吉宗と対峙《たいじ》している今、目付を大奥に入れるのはまずかった。

「ところで、鈴音はどうなった」

お末の罪は、その雇い主が負わなければならなかった。

「なにもなかったことになっているのだぞ。罪など言い渡せるはずもない」

姉小路が松島をにらんだ。

「ふむ」

松島が思案に入った。

「どうかしたのか」

「まさかと思うが……」

「なんだというのだ」

はっきりとしない松島へ姉小路が焦れた。

「これも上様の手立てではないだろうな」

「なんだと」

姉小路が驚愕した。

「考えてみよ。まず、長く忘れられた姫であった竹姫に、御広敷用人が付けられる。それも大奥に入られた上様の御用を担う筆頭ともいうべき御広敷用人だ。さらに、あいつは上様の娘婿、格からいけば御三家に匹敵する」

「それは上様が竹姫さまを御台所になさりたいからであろう」

松島の言葉へ姉小路が告げた。

「そこじゃ。我らは、その噂を信じているが、まことなのか。竹姫さまはまだ月のものさえみぬ十三歳ぞ。対して上様は三十三歳。あまりにも歳がの」

「幼い女でないといかぬという性癖の者もおるというが、上様は違うな」

姉小路が首をひねった。

大奥も馬鹿ではなかった。新たな将軍が大奥を気に入るように、いろいろと動いていた。当然、吉宗のことも探っていた。吉宗が紀州家で手を出した女がどのような容姿の者かについてはとくに詳しく調べていた。

「上様が紀州家におられたときの側室どもは、皆妙齢《みょうれい》で乳の張った者ばかり」

「うむ。となれば竹姫さまでは、あわぬな」

「我らが用意した女たちには、目もくれなんだのにだ」

苦い顔を松島がした。

大奥は初めて吉宗を受け入れたとき、その出迎えの女中を十六歳から十八歳で、豊かな肉付きで見目麗《みめうるわ》しいものでそろえた。籠絡《ろうらく》するためである。しかし、吉宗は女たちに目をくれることもなく、後日あっさりと大奥から放り出していた。

「竹姫さまを偽りの御台所となすなど、なにがしたいのかさえわからぬが、今回の一件が起こった理由がわからぬ。大奥で御広敷用人を襲う意味はどこにある」

「目付を大奥へ入れたいのではないか」

「あっ」

松島に言われて姉小路が思い当たった。

「大奥で御広敷用人が襲われた。それもただの用人ではない。上様の娘婿だ。となれば、なにもなしではすむまい。こちらが騒げば、これ幸いと目付を繰りだし、大奥をなかからひっくり返す」

「ううむううう」

大きく姉小路がうなった。

大奥上臈は、老中と同じ扱いを受ける。目付の訴えを受けてもおかしくはなかった。

「我らを狙われたか」

「そう考えることもできるというだけよ」

断定を松島が避けた。

大奥上臈の権《けん》は大きい。といったところで、大奥のなかでしかつうじないものではあるが、女中たちにとっては絶対であった。いや、大奥にある限り、将軍にさえ影響を与えられた。

「今宵《こよい》はあの者を」

「あいにく、あの者はふさわしくないかと」

将軍が夜伽《よとぎ》を命じた女中を代えることもできるのだ。将軍がその気になれば、ひっくり返すことができるていどの権ではあるが、大奥という閉鎖されたところでは大きな力を持つ。

「少しやりすぎたか」

「…………」

確認するような姉小路へ、松島は無言をもって応えた。

娘を大奥へ行儀見習《ぎょうぎみなら》いに上げたいと考える町人、大奥出入りという看板を欲しがる商人、そのどちらをも融通する力を上臈は持っていた。

「我らが直接選んだわけではない」

「実際は表使の仕事だが、我らにも金は届く」

言いわけしようとした松島を姉小路が止めた。

「上様が見逃してくださるとでも」

「……無理だの」

松島も同意した。

「今更大奥を出されては、生きていけぬ」

「ああ」

二人は顔を見合わせた。

上臈といって偉ぶったところで、大奥という後ろ盾があればこそである。大奥を出されたら、なにもできない大年増《おおどしま》でしかないのだ。料理はもちろん、裁縫さえしたこともない。まだ金でもあれば、人を雇うこともできるが、罪を得て大奥を出されたとなれば、縁もなく、身一つになる。将軍の怒りを買った女など嫁に迎えるところはないし、実家でさえ引き取りを拒む。まさに生きていけなかった。

「しかし、今更遅い」

姉小路が頰《ほお》をゆがめた。

すでにいろいろなところにしがらみができている。縁を切ろうとしたところで、許されるはずはなかった。

「やはり、上様にお代わりいただくしかないの」

「だの」

じっと目を見て、二人は首肯した。

「竹姫さまをどうする」

「さしあたっては、見張るしかないな」

「手を入れるか」

「こちらでお末を用意するべきだ。鈴音のところに欠員ができた。それを利用する」

松島が述べた。

「なるほど。身許《みもと》のはっきりした者だといえば、拒めまいな。京から来た女に、江戸で人を雇う伝手《つて》などない」

策を姉小路が認めた。

二

御広敷伊賀者組頭藤川義右衛門は、聡四郎を前に無表情を貫いていた。

「では、伊賀者となんのかかわりもないと申すのだな」

「どのようにお調べいただいてもけっこうでございまする。御広敷で用人さまを襲った女は、御広敷伊賀のものではございませぬ」

藤川が否定した。

嘘ではなかった。澪は伊賀組ではなく、伊賀の郷忍《さとしのび》である。所属は御広敷伊賀者ではない。

「そうか。一つ確認するが、そなたたちは大奥の警衛を任としておるな」

「承っておりまする」

なぜそのようなことをと言わんばかりに、首をかしげながら藤川が認めた。

「ではなぜ、あのような怪しい女が大奥におる」

「どのような女をお雇いになるかについては、我らの範疇《はんちゅう》ではございませぬ」

「御広敷座敷は伊賀者の範疇ではないと」

わざと聡四郎は聞き間違えた。

「違いまする。大奥の御広敷座敷は、伊賀の範疇でございまするが、大奥へ出入りする女がどのような素性かを調べるのは、わたくしどもではございませぬと申しあげました」

藤川が訂正した。

「そうか。御広敷座敷はそなたたちの縄張りと述べたな。つまり一日見張っている者がいる」

「あっ」

あらためて念を押されて、藤川が気づいた。

「この度《たび》のこと、大奥のことでもあり表沙汰にいたしたくないゆえ、これ以上とやかくは言わぬ。しかし、吾が襲われているのを見ながら、助太刀《すけだち》に出なかったことは、上様へお話はさせてもらう。当然だな、上様に大奥で異変があっても知らぬ顔をしかねぬのだからな」

「くっ」

藤川が顔をゆがめた。

「黙っていれば咎《とが》められぬと思うな。下がれ」

聡四郎は厳しく言って、藤川に退出を命じた。

「嫌な役目だ」

藤川がいなくなってから聡四郎は嘆息した。

これも吉宗の命であった。竹姫のもとに刺客がひそんでいたのだ。報告しないわけにはいかなかった。

「ふざけたまねを」

竹姫へ鏡台を渡すその場で、聡四郎が襲われたことを聞いた吉宗は激怒した。

「竹のもとに躬へ逆らう者がいたとなっては、竹も無事ではすまぬ。ゆえに、今回のことはなかったことにするが……」

怒る吉宗を聡四郎は醒《さ》めた目で見ていた。襲われたのは、竹姫ではなく聡四郎なのだ。その聡四郎への気遣いの一言もなく、吉宗は竹姫の立場だけを心配していた。

「……すねた顔をするな」

吉宗が気づいた。

「そなたのことを気遣っておらぬのは、そのていどの輩にやられるはずなどないとわかっておるからである」

みょうな褒めかたで吉宗が慰めた。

「お気遣いはかたじけなく存じまするが、このままでよろしゅうございますので」

一礼して聡四郎は問うた。

「なかったことにする。たしかにそれで竹姫さまに影響が及ぶことはなくなりまするが、大奥へなにも注文を付けられなくなりまする。今後、同じようなことがあったとき、咎め立てないという前例を作ってしまいまする」

聡四郎は苦言を呈した。

「次に襲われるのが、長福丸《ちょうふくまる》さまであっても、いえ竹姫さまであっても、上様はご辛抱なされまするか」

「…………」

　吉宗が黙った。

「上様」

　同席していた加納近江守が口を出した。

「公式にはなにもなかったとして、非公式にお咎めの言葉をお出しになるべきではございませぬか」

「竹にも少し罰を与えるか」

　不意に吉宗が言い出した。

「えっ」

「なにを」

　聡四郎と加納近江守がとまどった。

　吉宗は竹姫に傷をつけないために、御広敷座敷でのことを闇に葬ろうとしていた。それを変えると言い出したのだ。

「大した罪にはせぬ。そうよな、三日ほどの謹慎でよかろう。あのお末は、竹姫直属ではない。竹姫付きの中臈鈴音の女中だ。いわば、陪臣である。陪臣の不始末まで、主君が負うか」

「いいえ」

加納近江守が首を振った。

そこまですることなれば、諸大名の藩士が罪を犯したとき、吉宗の責任まで問わなければならなくなる。

「そうよな、形だけの罰を竹に与える。これで牽制《けんせい》できればよい」

「なるほど」

すぐに加納近江守が首肯した。

「両得《りようとく》でございますか」

「うむ」

「…………」

顔を見合わす主君と寵臣を見ながら、聡四郎は意味がわからなかった。

「わからぬようだな」

吉宗が笑った。

「申しわけございませぬ」

聡四郎は詫びた。

「少しは考えよ。今回は見逃してやる」

あきれた吉宗が説明した。

「こうすることで、一つは悪事を見逃さぬとの意思を見せ、竹姫に罰を与えることで、噂を否定する」

「竹姫さまを御台所にというお話を否定すると」

「躬が否定するわけではない。向こうが勝手に推測するだけだ」

吉宗が唇をゆがめた。

「では、どのようにいたしましょう」

大奥のことは聡四郎の管轄である。聡四郎は指示を求めた。

「水城、このたびの後ろは誰だと思う」

問うた聡四郎へ、吉宗が質問で返した。

「伊賀でございましょう」

他に心当たりはなかった。聡四郎は断言した。

「京というのはないか」

「忍がおりましょうか、京に」

聡四郎は襲撃してきた女の身動きから、忍だと見ていた。

「ないと断言はできぬ。戦国のころにはいたらしい」

「御庭之者のお方にお伺いをしても」

「うむ。おるか」

より詳しい話をと言った聡四郎に、吉宗がうなずいた。

「これに」

天井板がずれて、柿色の忍装束が顔を覗《のぞ》かせた。

「聞いていたな」

「はい。京に忍はおるかとのご下問ならば、答えはおりませぬ」

御庭之者が否定した。

「忍を抱えるにはかなりの金がかかりまする」

特殊な修行や体質が要る忍は、その補充が難しかった。どれほど名人と言われた忍でも、現役で活躍できるのは二十年もない。歳とともに体力が落ち、忍働きはできなくなる。

忍の任は、陰の警固と探索である。どちらも継続しなければならない。また、穴があってはいけないのだ。数名で回すのは無理であった。

当然、いつでも代わりの忍が出せるようにしなければ、本来の力を発揮することはできなくなる。忍を抱えるには、まずその育成ができる郷が要った。

そして郷には、忍を鍛える者、道具を造る者、生活するのに要る食料を調達する者、そして忍を産む女が住む。その費用はとてつもない額になった。

「朝廷にその金はございませぬ」

結論を御庭之者が述べた。家康によって管理された朝廷は、その御料として十万石しか与えられていない。それで皇室を維持し、公家たちの禄を支払う。とてもではないが、余裕はなかった。

「だの」

吉宗が納得した。

「だが、伊賀にしては、後続がない。伊賀にはかならず後詰めがあると聞くが」

続いて吉宗が、疑問を口にした。

「おそれながら……」

御庭之者が反論の許可を求めた。

「申せ」

「伊賀の後詰めは、任の成否を確かめるのが務め。決して味方が危機になろうとも、加勢しない決まりだとか」

許しを得て御庭之者が語った。

「愚か者だな、伊賀は」

鼻先で吉宗が笑った。

「任の成否など、放っておいても知れるものだ。人を殺すのに成功すれば、確認せずともその者の姿は、表に出なくなる。探索ならば、報告に戻ってこなければ、失敗したとわかる。後詰めの意味などないではないか」

「…………」

そのとおりであった。誰もなにも言えなかった。

「ならば、あと一押しで勝てるというときに、加勢するべきではないか。いや、拮《きっ》抗《こう》しているときに不意をうてれば、一気に勝負をつけられよう」

「たしかに」

加納近江守が同意した。

「やはり伊賀は遣えぬ。そこで踏みこめば、水城を排せた」

「…………」

あっさりと見捨てるような吉宗に、聡四郎は苦笑するしかなかった。

「だからすねてもかわいくないと申したであろう」

吉宗も笑った。

「油断でございました」

聡四郎は認めた。吉宗の言いかたが、聡四郎の反省を促していると気づいたからである。

「わかればいい。吾が娘を娶《めと》ったときから、そなたは勝手に死ねぬ身となった。そなたが死ぬところは、躬の指示のもとである。そのことを忘れるな」

「畳の上で往生《おうじよう》いたしたいと思うのでございますが。孫たちに見守られながら、妻に看取《みと》られて死ぬのが夢でございまする」

せめてもの意趣返《いしゅがえ》しであった。

「そうしたければ、生きて役立つことだ」

一言で吉宗が切り捨てた。

「さて、話を戻すが、制裁をどうするか」

吉宗が一瞬だけ考えた。

「まず、鈴音を降格させる」

「よろしいので」

鈴音は一条家から出された者だ。それを勝手に処罰しては問題になるのではないかと加納近江守が懸念をしめした。

「こちらから頼んだわけではない。無理に押しかけてきたのだ。文句を言うならば、送り返せばすむ」

「ですが、近衛が敵の今、一条との仲を割るのはどうでございましょう」

加納近江守が吉宗へ自重《じちょう》してくれと願った。

朝廷と幕府の関係はややこしい。

将軍は朝廷によって任命され、天皇の負託《ふたく》をもって天下の政をおこなっている。これは建前であった。本音は幕府が武力で朝廷を押さえこんでいた。

しかし、形だけとはいえ、朝廷は幕府の上部になり、将軍は天皇の家臣なのだ。朝幕の関係が悪化するのは、よいことではなかった。

「なにもできぬわ」

吉宗が淡々と言った。

「躬から将軍位を取りあげ、朝敵と認定し、倒幕《とうばく》の詔《みことのり》でも出せるならば、見直してやるがな」

「上様」

朝敵、倒幕と口にするにもはばかりある事柄を、簡単に言う吉宗を加納近江守がたしなめた。

「わかっておる」

一応、吉宗が諫言《かんげん》を受け入れた。

「だが、やりかたを変える気はない。鈴音は中臈から竹姫付きのお次にさげる」

「よろしいのでございますか」

「今度は聡四郎が口を出した。

「鈴音どのを中臈からはずすというのは、お手を付けないという表れになります る」

御広敷用人になってから、大奥のことを調べた聡四郎は、中臈でなければ、将軍の伽《とぎ》に出られないと知っていた。

「それでいい」

「有象無象《うぞうむぞう》がまたうるさくなりまする」

うなずいた吉宗へ、聡四郎は嘆息した。

大奥は将軍という男を虜《とりこ》にしなければ、意味がなかった。男は惚れた女に弱い。惚れていなくとも身体を重ねれば情が湧《わ》き、なにかと気遣うようになる。こうして歴代の大奥は贅《ぜい》を尽くし、肥大し続けてきた。それを吉宗は否定している。大奥に質素を押しつけ、縮小しようとしているのだ。大奥にしてみれば存亡の危機であった。

「躬を籠絡できるほどの女を用意できるはずなどない。将軍となった躬の眼鏡《めがね》にかなうには、賢くなければならぬ」

吉宗が嘯《うそぶ》いた。

「……………」

聡四郎と加納近江守は顔を見合わせて沈黙するしかなかった。

「では、鈴音への通達と伊賀への脅し、ともに聡四郎が行け」

「どのように」

「こう言え。伊賀の失言を誘え」

聞いた聡四郎に、吉宗が教えた。

こうして、命じられたとおりのことを聡四郎は伊賀者組頭藤川義右衛門へ伝えたのであった。

「さて、どうなるか」

聡四郎は囮《おとり》になることに慣れてきていた。

「少しでも竹姫さまがお楽になれればよいが」

一度しか会っていないが、竹姫の凜《りん》とした姿は、聡四郎をして好感をもたせていた。

「今日は、もう帰るか」

罪の言い渡しは昼からという、変な慣習を聡四郎は利用して、藤川と会っていた。昼からの呼び出しは凶事《きょうじ》だと藤川にあらかじめ先入観を与え、どうやって言いわけようかと考えさせたのだ。そして藤川は言いわけに夢中になり、吉宗のはった罠《わな》にはまった。これも吉宗の策であった。

お付きを持つ御広敷用人は連日勤めである。休みをもらえないわけではないが、番方《ばんかた》のように三日に一度の勤務でいい、とはいかなかった。その代わり、お付きの相手の用がなければ、いつ下城してもよかった。

江戸城大手門を出たところで、大宮玄馬が待っていた。

「お帰りなさいませ」

大宮玄馬が一礼した。

「なにもなかったか」

「今のところは」

問う聡四郎へ、大宮玄馬が首を振った。

「あのときの浪人者の気配はないか」

かつて後をつけてきた浪人のことを、聡四郎は気にしていた。

「まったく」

玄馬が否定した。

「不気味だな」

歩き出しながら聡四郎が言った。

「はい」

後ろについた玄馬が同意した。

聡四郎の屋敷は、水戸《みと》藩の上《かみ》屋敷の裏手本郷御弓町《ほんごうおゆみちよう》にあった。

「お帰り」

門が見えたところで、玄馬が大声をあげた。

「止《や》めぬか」

恥ずかしいと聡四郎は玄馬を制した。

「慣習でございまする」

玄馬が決まりごとだと断った。

役付きの旗本の屋敷ではどこでもやっていることであった。そうやって近隣に、我が家は役に就いてるのだぞと自慢しているのだ。懲罰小普請《こぶしん》という言葉があるように、無役では肩身が狭い。代わって役付きは名誉である。これは家臣たちにとっても誇らしいことであった。

「お戻りなさいませ」

玄関式台《しきだい》で紅《あかね》が出迎えた。

「ただいま戻った」

聡四郎は腰から両刀をはずし、紅へ渡した。

「お疲れさまでございました」

微笑みながら紅が両刀を受け取った。両刀はかなり重いが、もと江戸城出入りの人入《ひとい》れ屋相模屋《やさがみ》の一人娘の紅は、力仕事の経験もあり、しっかりと持っていた。

「お着替えを」

両刀を居室の床《とこ》の間《ま》へかけた紅が、聡四郎の裃《かみしも》をはずした。

「うむ」

聡四郎は、紅に着替えを任せた。

まともな武家では、女が当主の身の回りのことをするなどありえなかった。しかし、町人の出である紅は、武家のしきたりを気にしていない。聡四郎のことは、決して他人任せにしようとしなかった。

「竹姫さまは、大事ないの」

袴《はかま》の紐《ひも》をほどきながら紅が問うた。

「お身体に傷一つないが、いろいろと容赦ない言葉を浴びせられるであろうな」

聡四郎は嘆息した。

「一応、上様が手を打たれたが」

今日の話を紅に告げた。

「……………」

話を聞いた紅が、じっと聡四郎を見つめた。

「それで終わると思っているとしたら、あんたは馬鹿ね」

出会ったころの口調に紅が戻った。

「竹姫さまへの目くらまし、無駄でしかないわ。月光院さまにさえ何一つ贈りものをしていない上様が、茶会の礼という形式をとったとはいえ、鏡台をくださるなど、どう考えてもおかしい。そのあたりのことを女は見逃さないから」

荒くれ人足《にんそく》を束ねた相模屋の娘だった紅は、かなり伝法《でんぽう》であった。

「馬鹿か」

久しぶりに言われて、聡四郎は笑った。

「少しは成長したつもりなのだぞ」

聡四郎は紅の肩へ手を回した。

「……わかってるわ」

紅が頬を染めた。

「頼めるか」

「……わたしにできることは少ないわよ」

「吾は直接お会いできぬ。その代わりを果たしてくれればいい」

「話を聞いて、話をしてくる」

少しだけ聡四郎へ身体を預けた紅が首肯した。

三

将軍の義理の娘という格を与えられてはいるが、それでも大奥へ自在に出入りすることはできなかった。

紅が大奥へ入るには、まず御広敷用人から、大奥のお次へ知らせ、そこからお客あしらいの女中へと話をとおさなければならなかった。紅の場合、吉宗の養女であり、拒まれる心配はない。が、大奥側の受け入れ準備のつごうがあるため、日時は任せるしかなかった。

「しばしご遠慮いただきたく」

大奥の返答は、拒否であった。騒動があったばかりであり、当然の対応であった。

さすがにそれ以上の無理押しはできない。

「待つわ。そう長くもないでしょうし。でも、幼い竹姫さまを外に出さないだけでなくて、人とも会わせない。大奥っていびつすぎる」

不満を口にしたが、紅は引いた。

紅は断られたが、聡四郎は毎日登城しなければならない。

「用人さま、よろしいか」

登城した聡四郎のもとへ御広敷伊賀者組頭藤川がやって来た。

「何用だ」

「おそれいりまするが……」

藤川が、御広敷用人部屋から目を外へやった。

「わかった」

他人目をはばかった藤川に、聡四郎は首肯した。

「こちらでお願いをいたしまする」

少し離れた小部屋に、藤川が案内した。

「ここでよいのか」

さして用人部屋から離れていない。聡四郎は確認した。

「伊賀者が警戒しておりまする」

「そうか」

藤川の答えに、聡四郎はちらと天井と床へ目を走らせた。

「で、なんだ」

用件を聡四郎は急かした。

「先日のことでございまする」

「伊賀が無能ということか」

聡四郎は皮肉を口にした。

「……くっ。いえ、あの女が御広敷伊賀組の者ではないとの話の続きでございまする」

一瞬、苦い顔をした藤川だったが、そのまま話した。

「申せ」

「あの女の親元を調べてみましたところ、やはり金をもらって仮親《かりおや》を引き受けただけでございました」

「その先は調べたのか。仮親を願ってきた者、あるいは仲介した者がいたはずだ」

いかに金に困っている御家人でも、まったく見ず知らずの者に家名を貸すようなまねはしない。なにかあったら、被害は最初に来るのだ。武家にとって、名前とはそれほどの重みを持っていた。

「なんどかものを売りに来た商人だったそうで。その商人を探しましたが、行《ゆ》き方《がた》知れずでございました」

「つごうのいい話だな」

聡四郎はあきれた。

「まあいい。どうせ、上様より正式にお咎めがいくであろう。名義貸しは重罪だ」

「…………」

藤川が沈黙した。澪と残っている孝《こう》の親元を用意したのは藤川であった。

「ところで、もう一人のお末の身許は確認したのだろうな」

「こちらも仮親でございましたが、その先も確認いたしましてございまする」

すぐに藤川が答えた。

「そうか。となれば、二度とこのようなことは、大奥で起こらぬということだな」

「起こさせませぬ」

藤川が述べた。

「わかった。上様にはそう報告いたす」

「お願いいたしまする」

深く藤川が平伏した。

聡四郎の前に屈した形となった藤川は、不機嫌さを露《あら》わにして本郷竹町《たけちょう》に潜む、伊賀郷忍の住処《すみか》へと至った。

「よくも顔を出せたものだ。少し手を貸してくれれば、手裏剣の一本、吹き矢の一つでも撃ってくれれば、御広敷用人を仕留められたものを」

袖《そで》が美しい顔をゆがめて、ののしった。

「そんな約束はしておらぬ。また、それだけのものをもらってもおらぬ」

冷たく藤川が言い返した。

「なにを言うか。最初に伊賀の郷へ御広敷用人の殺害を頼んできたのは、そちらであったはずだ」

憤懣《ふんまん》やるかたないという顔で、袖が怒鳴った。

御広敷用人水城聡四郎と御広敷伊賀組は対立した。伊賀組をないがしろにする御庭之者を作った八代将軍徳川吉宗の娘婿が、上司としてきたのだ。伊賀組が疑うのも必至であり、それを吉宗も意図していた。その割を食って、聡四郎は伊賀組から命を狙われ、就任直後から敵対することになった。

しかし、将軍の娘婿を表立って襲うことはできない。伊賀組が焦《じ》れていたとき、聡四郎は吉宗の命を受け、京へと上ることになった。これを好機と伊賀組は、聡四郎の息の根を止めるため、伊賀の郷に金を払い協力を求めた。だが、金をもらって聡四郎を狙った伊賀の郷忍は返り討ちに遭って倒された。その恨みを晴らすため、袖たち伊賀の郷の女忍が、江戸へ入っていた。

「金は支払った。さらにことは成就《じょうじゅ》しなかったが、返せとは言っていない」

「…………」

袖が詰まった。

忍の仕事は、ことの始めに半金、成功してから残金というのが決まりであった。しかし、江戸と伊賀ではかなり離れていることや、伊賀組の若い者を郷で鍛えてもらっているなどの関係から、藤川は一括で代金を支払い、失敗したからといって半金の返還を求めていなかった。

「こちらに尻をもってくるならば、まず金を返せ」

「……すまぬ」

手を出された袖がうつむいた。

「さて、そちらも言いたいことを言ったのだ。こちらの文句も聞いてもらおうか」

「…………」

すでに押し負けている。袖は無言のままであった。

「今後、大奥で御広敷用人に手出しをするな」

「それは受け入れられぬ」

即座に袖が拒んだ。

「迷惑だと申しておる。成功するならばまだしも、失敗してくれたおかげで、伊賀組が疑われている」

藤川も聡四郎がさきほどの話を信じたとは思っていなかった。

「そのぶんの金は払ったはずだ」

先日とは逆に、殺された伊賀の郷忍の復讐《ふくしゅう》のため、江戸の伊賀者に協力を頼み、かなりの金額を袖たちは藤川へ渡していた。

「言ったはずだ。あの金でできるのは、大奥へ人を入れるだけ。そのうえ、ことの後始末までさせられてはたまらぬわ」

藤川が手を振った。

「一人は死んだ。残った一人が疑われるのを防いだ。これで縁切りとさせてもらおう」

「そんな……」

袖が絶句した。

「江戸のことなどなにもわからぬのだ。もう少し手を貸してくれ」

「見合うだけの金を出すならばな」

「しばし余裕をくれ。郷へ手紙を出す」

江戸の滞在費として与えられている金は少ない。袖は郷へ助けを求めるしかなかった。

「金ができたら言え。それまでは、かかわりない」

「ま、待ってくれ」

すがるような袖を振り払って、藤川が背を向けた。

「ああ。もし大奥に残った女忍が要らざるまねをしたならば、今度は我らが成敗《せいばい》する。大奥の警衛は、我ら御広敷伊賀者の任である」

言い残して、藤川が去った。

「どうすれば……」

残された袖が力なくつぶやいた。

館林藩主松平右近将監《うこんしょうげん》清武のもとに、家老《かろう》山城帯刀《やまきたてわき》が訪れた。

「またか」

松平清武が苦い顔をした。

「なんどでも参りまする。殿が首を縦に振ってくださるまでは、毎日でも参ります
る」

帯刀が強い口調で言った。

「しつこいぞ。余は将軍などになりたいとは思わぬ」

清武が拒んだ。

「天下のためでございまする」

「黙れ。そなたたちの立身のためであろうが」

食い下がる帯刀を、清武が切り捨てた。

「悪うございまするか」

「開き直ったな」

清武があきれた。

「殿、武士とはなんでございましょう」

「なんだ、いきなり。武士とは四民の上に立つ者である」

「いいえ」

主君の答えを、帯刀が否定した。

「武士とは高《たか》みを目指す者でございまする」

「どこが違う」

帯刀の言葉に、清武が不満そうに言った。

「四民の上に立つ。たしかにそのとおりでございまするが、これは身分のことでしかありませぬ。本質は、高みを目指す者でなければならぬのでございまする」

「つまり、すべての武士は天下の主を目指していると」

「さようでございまする」

清武の確認に帯刀がうなずいた。

「馬鹿を申すな。それでは、天下に泰平の日は来るまいが。いつまで経っても乱世《らんせ》のままである。そなたの言うとおりならば、今はない」

「今がおかしいのでございまする。武家が本分《ほんぶん》の戦いを忘れた。武家の天下がずっと波立たずであるなど、あってはならぬのでございまする」

堂々と帯刀が持論を述べた。

「徳川の事績《じせき》を馬鹿にするか」

さすがに清武が叱責《しっせき》した。帯刀の言いかたは徳川幕府が武士を腐らせたと取れるものであったからである。

「そのつもりはございませぬ。天下人《てんかびと》は神君家康《しんくんいえやす》さまのお血筋がなられてしかるべしでございまする。ただ、わたくしが申しあげたいのは、天下の権とは譲られるものではなく、奪うものでなければならぬということでございまする」

「奪う……」

「さようでございまする。かつて神君家康さまは、織田信長《おだのぶなが》公、豊臣秀吉《とよとみひでよし》公と競われて天下を取られました。これは、信長公、秀吉公より、家康さまが優れておられたとの証《あかし》。つまり、天下人は他人より優れた方がならなければいけませぬ。果たして今の徳川家はそうでございましょうか」

「……ううむ」

清武はうなった。

「争うことなく継承があった。それゆえに七代将軍家継さまの御世《みよ》は乱れた。畏《おそ》れ多きことながら、家継さまは天下人としては幼すぎられました。せめてあと十年、長じておられれば、天晴《あっぱ》れ名君となられたはず」

「兄が、六代将軍であった家宣公が亡くなられたゆえ、しかたなかろう」

「そこでございまする。あのとき、家宣さまがお亡くなりになられたとき、殿が本家へ入られ、家継さまをご養子となさるべきでございました。十年だけと期限をきって、将軍を継がれておられれば、家継さまに、政のご無理もかからず、お命をお縮めすることなどなかったはず」

「たしかに幼き子供に、天下の政は厳しい」

帯刀の言いぶんを清武は認めた。

「さすれば殿も変わられたはずでございまする。少なくとも将軍を十年で引かれても、隠居領として十万石は、いや三十万石はございましたでしょう。それだけあれば、藩政もずいぶんと楽になり、民百姓に負担をかけずにすみまする」

「……三十万石か」

清武がうめいた。

当初三百石から始まった清武は今や五万四千石の大名であった。しかし、その領地は何度も足された結果、相模、武蔵《むさし》、越後《えちご》、下総《しもうさ》、上野《こうずけ》と飛び地ばかりであり、治世《ちせい》には莫大な手間がかかった。さらに宝永《ほうえい》四（一七〇七）年に与えられた館林城も問題であった。引っ越しの費用が要っただけでなく、徳川家の一門を迎えてきた名門だけに五万四千石では維持できないほど大きかったのだ。これらの要素が重なって、館林藩の財政は、どうしようもない状況であった。

「年貢《ねんぐ》の率を上げ、いろいろなものに運上《うんじょう》をかけても、まだ足りませぬ。幻の将軍と呼ばれたお方がこれでよろしいのか」

「…………」

金のことを言われては、清武に返す言葉はなかった。

「高みをご覧なさいませ。さすれば、借財などなくなりまする」

「幕府も借金まみれであろうが」

精一杯の抵抗を清武はした。

「それを一掃《いっそう》するなど簡単でございまする」

「そのようなことができるならば、まず、領内の借財を片付けよ」

誇らしげに言う帯刀へ、清武が迫った。

「わたくしの考えている手立ては、将軍でなければ使えませせぬ」

帯刀が条件があると口にした。

「将軍でなければ……まさか」

少し考えた清武が、大きく目を見開いた。

「お察しのとおりでございまする。外様《とざま》の大大名《だいだいみよう》を取りつぶし、その領土を天領に取りこむ。これで幕府の財政は一気に改善いたしまする」

「無茶だ。戦《いくさ》になるぞ」

「なりませぬ。今の武家は牙《きば》を抜かれておりますゆえ。保身に汲々《きゆうきゆう》とし、上を見ることを止めた藩士など敵ではございませぬ」

「領土を奪われると知っては、いくらなんでも大人しくはしておるまい。今の世で、再仕官がどれだけ困難か、誰もがわかっていることだ」

わずか三百石の越智家当主であった経験から、清武は世情に詳しかった。

「薩摩《さつま》など、神君さまでさえ手出しをなさらなかったのだ。島津《しまづ》家は強い」

「ご安心を。薩摩や五島《ごとう》、対馬《つしま》などに手出しはいたしませぬ。あまりに辺境《へんきよう》すぎて統治がしにくうございますゆえ」

清武の懸念を帯刀は否定した。

「他の藩でも反発はあろうが」

「そんなものいかようにでもできましょう。それこそ鉄砲を並べて退去させてもよろしいかと。もっともそんな物騒《ぶっそう》で金のかかる手をとらずとも、一部を旗本として抱えてやると言えばすみましょう」

幕府の強みは、他の大名を圧倒する武力である。しかし、軍を出すのには金がかかる。無駄に金を遣えば、なにをしているのかわからなくなる。それを帯刀は脅しとして使い、その裏で策謀を巡らせると言った。

「誰もが浪人になるのは怖い。そこに藩士の三分の一ほどを旗本として抱えるという噂が流れれば、吾こそはと思い、家中《かちゅう》が割れましょう」

「なんという……」

潰《つぶ》す藩の家臣たちを疑心暗鬼《ぎしんあんき》にしてまで利用するという帯刀に清武が絶句した。

「きれい事で政はなせませぬ」

「うっ」

ふたたび清武は詰まった。他領よりも高い年貢を領民に押しつけている清武に、清廉《せいれん》を語る資格はなかった。

「武家は命のやりとりをする者でもございまする。このまま、殿は喰われるほうに回られますか」

「誰に喰われると」

「将軍家でございまする」

帯刀が答えた。

「まさか。余は七代将軍の叔父であるぞ」

「八代将軍にとって目の上のこぶでございまするな」

驚く清武へ、帯刀が付け加えた。

「今、上様に万一のことがあったとしたら、どなたが九代になられましょう」

「上様には長福丸さまというご嫡子がおられるはずだ」

「まだ六歳になられたばかりでございますな。将軍になられるには、いささか幼すぎまする」

「六歳ならば、家継さまと同じ」

前例があると清武が言った。

「ゆえに執政衆も嫌がりましょう。かの間部越前守と月光院さまの専横と醜聞《しゅうぶん》は、まだ記憶に新しゅうございまする」

帯刀が否定した。あまりに接近しすぎた月光院と間部越前守の間には、男女のかかわりがあったとの噂は根強い。

「どうしても長福丸さまを将軍となさりたいならば、さきほどわたくしが申しあげたように、ご養子になさればよろしい。殿が九代を、その後十代を長福丸さまが継がれる」

「清方《きよかた》はどうする」

語る帯刀へ、清武が訊いた。清方とは、清武の一人息子である。

「ご一門衆として、御三家の上となる五十万石ほどの藩をお与えになられればよろしいのでは。あるいは長福丸さまを……」

「……黙れ」

それ以上を清武が言わせなかった。

「では、お任せを」

「…………」

一礼する帯刀へ、清武は応じなかった。

四

帯刀は藩から与えられている屋敷の他に、市中に妾宅《しょうたく》を構えていた。

「よろしゅうございまするか」

夕闇の迫るころ、一人の壮健《そうけん》な男が妾宅を訪ねて来た。

「太郎《たろう》か」

妾《めかけ》を相手に酒を飲んでいた帯刀が、目通りを許した。

「なにか報告でもあるのか」

「大奥で御広敷用人が襲われましてございまする」

太郎が告げた。

「そのような話、天英院さまからもうかがっておらぬぞ」

帯刀の目が鋭くなった。

「箝口令《かんこうれい》が敷かれていたからではないでしょうか。わたくしたち五菜《ごさい》が知ったのも、三日経った今朝でございました」

五菜とは、大奥女中の下働きをする男のことだ。太郎は下級の館林藩士だったが、帯刀に見こまれ、大奥へ入りこむための密偵として五菜となっていた。

「それにしても天英院さまに隠せるとは思えぬが……」

大奥のなかであったことを外に隠すのはたやすいが、内で秘めるのは難しい。女の口は同性に対して軽くなる。

「御広敷用人さまより出入り禁止が出されていたからやも知れませぬ。本日解かれたようでございますが」

「出入り禁止か。なるほどな」

帯刀が納得した。

「詳しく話せ」

「噂の範囲でございまするが……」

命じられて太郎が語った。

「御広敷用人を竹姫さま付きの中臈のお末が襲う。どうもよくわからぬな」

詳細を聞いた帯刀が首をかしげた。

「襲われた用人さまは、上様の娘婿の水城さまでございました」

「ほう。余計に変だ。上様の娘婿に手出しして無事ですむはずなどないではないか」

帯刀が一層首をひねった。

「で、用人は」

「ご無事でございました。それは確認しております」

五菜は七《なな》つ口《ぐち》に常駐している。その五菜の詰め所からは、大奥の入り口である御広敷御門を見張ることができた。

「わからぬな。まあ、よい。いずれ天英院さまよりお報せがあろう。それより、喜べ。殿がついに至高《しこう》の座を求められることになった」

「それは真でございまするか」

太郎も身を乗り出した。

「ああ。先ほど決断された。今の上様を排し、九代将軍になられるとな。そして十代は清方さまに譲りたいと仰せになられたわ」

帯刀がうれしそうに告げた。清武が漏らした清方はどうする、の一言を帯刀は根拠としていた。

「では、わたくしも」

「ああ。ことがなったおりには、旗本に推挙《すいきょ》してくれる」

「まだ戻してはいただけませぬので」

すがるような目で太郎が言った。

「ならぬ。話は始まったばかりである。これから益々、そなたの重要さは増すのだ」

「…………」

泣きそうな顔を太郎がした。

「かつて神君家康さまが、幕府をお立てになられたときを思え。今川《いまがわ》の属将として家康さまが雌伏《しふく》されていたとき、三河《みかわ》の譜代《ふだい》たちが舐《な》めた辛酸《しんさん》を。それに比べればそなたの苦労などないのと同じであろう」

「……それは」

太郎が黙った。

今川家の人質として駿府《すんぷ》に家康が滞在させられていたころ、その領国三河は地獄であった。岡崎《おかざき》城代として派遣された今川の将の命じるままに、戦場では矢玉よけとして使われ、収穫はそのほとんどを駿府へ持って行かれてしまい、食べるものにさえ事欠く始末。桶狭間《おけはざま》で今川義元《よしもと》が死ぬまで三河武士はそれに耐えた。君臣ともに苦労を分かち合ったおかげで、家康に対する家臣たちの忠誠は深く、天下を取る原動力となった。

「しばらくのことだ。一年も経てば、思い出話にできるであろう」

「承知いたしましてございまする」

家老にそこまで言われてはどうしようもない。太郎が首肯した。

「わたくしはいかがいたせばよろしゅうございますか」

太郎があらたな指示を求めた。

「相変わらず大奥へ吉宗は来ぬのか」

「一向にお渡りはございませぬ」

問われた太郎が首を振った。

「夜もか」

「あいにく、暮れ六つ（午後六時ごろ）までに城を出なければなりませぬので、それ以降のことまでは」

申しわけなさそうに太郎が告げた。

「大奥女中たちの噂とか聞こえてこぬか。いや、誰かに訊いてみたか」

「五菜は大奥女中と口をきいてはなりませぬので。御用以外のことを話していると知れれば、その場で捕まり、軽くて追放。重ければ斬首《ざんしゅ》となりまする」

太郎が決まりを語った。

「意外と使えぬな。五菜も」

帯刀が嘆息した。

「天英院さまとの連絡はとれるか」

「こちらからはできませぬ」

五菜は大奥女中の使い走りである。使い走りが天英院という大奥で一、二を争う権力者に面会を求めるなどできようはずもなかった。

「向こうから呼びだしが来るのを待つだけか」

「はい」

太郎が頭を垂れた。

「わかった。今のところは、なにもない。いつものように務めておれ。いずれ、あらためて命を出す。それまでの間も無為《むい》に過ごすなよ。できるだけ大奥のなかのことを知るように努力せい。なんの手柄もたてておらぬ状況では、旗本として取り立ててやるわけにはいかぬぞ」

「それでは、お約束が違いましょう。侍の身分まで捨てて、小者《こもの》のまねをいたし、女中たちのみならず、無頼に近い五菜たちにまで、頭をさげる。これらの苦労を認めてくださらぬと」

冷たい帯刀へ、太郎がすがった。

「最初の約束は、ことが終われば藩士に戻し、加増してやるというものであったはずじゃ」

「…………」

「約束は果たす。心配するな。ただし、儂やその他の者は旗本として江戸へ移る。館林藩がどうなるか、そなたがどう扱われるかまでは、知らぬ」

「それは余りに……」

太郎が詰め寄った。

「無礼者。そなた家老である儂と同席できる身分ではないのだぞ。儂の身体に触れてみよ、そなたの家族にも罪が及ぶ」

「……あっ」

怒鳴りつけられて、太郎があわてて下がった。

五菜になるとき、太郎は藩籍を抜かれている。藩籍を失った太郎は、禄を失う。これでは家族が食べていけない。そこで、帯刀は太郎の家族たちを預かり、生活の面倒をみていた。もちろん、慈善などではない。太郎が裏切ることのないようにするための人質であった。

「そなたが儂の指示どおりにしていれば、家族は安泰じゃ。心配するな。食事はちゃんと白米を日に三度与えている。子供には勉学もさせている。息子、なんという名前であったかの、聞けば、なかなかに優秀だそうだ」

「……なにとぞ、家族には」

「大事ないと申したであろう。そなたが、従うかぎりな」

帯刀が念を押した。

「はい」

力なく太郎がうなずいた。

「では、帰れ」

「ご免を」

手を振られて、太郎が出ていった。

「思ったよりも意味がないな。大奥へ出入りできる男とのことであったゆえ、金を遣って五菜にあやつをもぐりこませたが。無駄金だったかの」

妾の待つ部屋へ戻りながら、帯刀がぼやいた。

「やはり大奥と手を組むには、女が要る。誰ぞ、よい者は……そういえば」

帯刀が足を止めた。

「一人、奥向きに甲府から館林につけられた年寄がいたの。あやつも江戸城へ連れていってもらえなかった口だ。使えるか。たしか峰尾《みねお》とか言ったか」

「……旦那さま、そのようなところでどうなさいました」

部屋から若い妾が顔を出した。

「いや、なんでもない」

若い妾の夜着姿に帯刀の相好《そうごう》が崩れた。

第三章　道具の夢

一

柳左伝に頼まれた佐藤と山下は、互いの連携を確認するため、道場へ来ていた。かなり長く道場にも来ていない。このまま刺客となるのは不安であった。

「久しぶりだの」

二人の姿を見つけた師範代が近づいてきた。

「ご無沙汰をいたしておりまする」

佐藤が腰を屈《かが》めて一礼した。無言で山下も倣《なら》った。

道場は礼儀を重んじる。席次が一番違うだけで、敬わなければならない。師範代ともなると、最敬礼で対応しなければならなかった。

「三カ月以上顔を見せなかったの。もう、あきらめたのかと思っていたぞ。つい先日も、先生と札を外そうかと話をしていたところだ」

師範代が告げた。

「はあ……」

情けなく応えながら、佐藤が道場の壁を見た。道場によって形は違うが、弟子たちの名前を書いた木札が、席次順に掛けられていた。もっとも高位にあるのが、師範代の名前であり、反対側の端にあるのが初心者であった。

「ある」

席次七位に己の木札があるのを確認して、佐藤の表情が緩んだ。

「え……七位」

ほっとした佐藤の顔が強《こわ》ばった。

「八位だったはず」

佐藤が師範代を見た。

道場の席次は、年に二回おこなわれる試合で決した。そのときの勝ち負けで順位が上下する。だが、順位入れ替えの試合まで、あと一カ月ほどあるはずであった。

「柳がおらなくなってな」

師範代が説明した。

「先生から、柳を破門《はもん》したとのお報《しら》せがあった」

「破門……」

道場に通う者にとって、破門はもっとも重い罰である。今まで与えられた折紙《おりがみ》、目録《もくろく》、免許などを剝奪《はくだつ》されるだけでなく、流派の名前を口にすることもできなくなる。いわば、剣士としてのすべてを取りあげられ、どこへ行ってもまともな扱いはされなくなった。

それだけに、破門は流派に反したか、あるいは世俗《せぞく》での罪を犯したかなど、よほどのことがない限り言い渡されない。

「理由は」

「知らぬ。教えていただけぬ」

わからないと師範代が首を振った。

「柳もずっと道場へ来ていない。顔さえ見かけぬのでは、事情も訊けぬ」

師範代が嘆息した。

左伝は、道場で席次第二位であった。あと一枚で師範代となり、道場の看板となる。そこまであがるには、並大抵の努力だけではなく、師範の気に入らないと届かない。それだけに第二位の破門は奇異《きい》であり、異例であった。

「柳と会うか。そなたたちは気があっていたであろう」

「いいえ」

佐藤が否定した。

「そうか。もし見かけたら、儂の長屋を訪ねるように伝えてくれ。あと、道場にはもう来るなともな」

「会うことがございましたら」

師範代の言葉に、佐藤がうなずいた。

「頼んだ。よし、久しぶりに稽古《けいこ》をつけてやろう」

満足げに首肯した師範代が、木刀を手にした。

「お願いいたしまする」

上位からの声かけには逆らえないのも道場の慣例であった。

佐藤も木刀を手にした。

「一同、少し空けてくれ」

師範代が、道場で稽古していた弟子たちを追い払うようにして場所を確保した。

「おおっ。師範代と佐藤さんの稽古だ」

木刀を振っていた弟子たちが、急いで壁際へと身を退いた。

上位同士の稽古は、激しいものとなりやすかった。それこそ、走り、跳びして、道場狭しと動き回るのも珍しくはなかった。

「いつでも来い」

道場中央で、木刀を青眼《せいがん》に構えた師範代が誘った。

「おう」

稽古では、下位から動くのが礼儀であった。佐藤が大きく踏みこみながら、下段の木刀を斬りあげた。

「ふん」

右太ももを狙われた師範代が、足を送ってこれをかわし、そのまま突いた。

「なんの」

間合いが少し遠かったこともあり、佐藤が余裕でこれを避けた。

「…………」

師範代が突いた木刀をそのまま真下へと落とした。

「おうっ」

あわてて佐藤が後ろへ跳んだ。

「甘い」

引いたところへ、勢いに乗った師範代がつけこんだ。

「ぬえい」

師範代が縦横に木刀を操った。

「ぬう。やあ」

なんとか防いでいた佐藤だが、手元を打たれて、木刀を取り落とした。

「参った」

すばやく佐藤が降参した。一言を出さなければ、このまま試合は続く。

柳生新陰流は、稀代《きだい》の名人柳生石舟斎《せきしゅうさい》が剣聖上泉伊勢守《かみいずみいせのかみ》の教えを受けて作りあげたものである。ときが戦国であったこともあり、剣を失ったときの戦いかたも教義のなかにはあった。つまり、得物《えもの》を落としただけでは、試合終了とはならなかった。

「それまで」

木刀を師範代が引いた。

「腕は落ちていないようだな」

師範代が感心した。

「手も足も出ませんでしたが」

佐藤が自嘲《じちょう》した。

「いや、下がりながらの一撃はよかったぞ」

「…………」

攻撃を受けるように見せながら、佐藤が放った一刀を師範代はかわしていた。

「もう少し、低めに出されたならば、受け止めざるを得なかったであろうな」

師範代が講評した。

木刀ならなんでもない受けであるが、真剣でおこなうには問題があった。

刀はその極限まで研ぎ澄まされた刃に値打ちがあった。軽く引くだけで、骨ごと斬れる日本刀の命が、その切れ味である。それだけに刃は薄い。同じ刀同士で打ちあえば、簡単に欠けた。刃が欠けた日本刀は、引っかかる。衣服に、皮膚に、肉に、骨に欠けたところが引っかかり、動きを止めた。そう、致命傷になるはずの一撃が、かすり傷でとまってしまうことになりかねなかった。刀で受けるしかないというのは、余裕のない表れであり、褒め言葉であった。

「留意いたしまする」

佐藤が頭を下げた。

「山下、来い」

「はい」

続けて山下が呼ばれた。

「ふむ。少し落ちておるように感じたぞ。鍛錬を怠《おこた》ってはいかぬな」

数合で山下の肩口を打った師範代が難しい顔をした。

「申しわけございませぬ」

山下が詫びた。

「おぬしはまだ若い。修行を積めば、まだまだ上を目指せるのだ。精進《しょうじん》いたせ。父の道場を再開するのであろう」

「かたじけのうございまする」

師範代に言われて、山下がうつむいた。

「ところで、二人、今期の束脩《そくしゅう》は持参したか」

稽古を終えて、師範代が要求した。

束脩は道場に支払う指導料である。道場によって年払い、月払いなどまちまちであったが、この柳生新陰流道場では、節季《せっき》ごとの支払いであった。

「あいにく本日は持ち合わせが」

佐藤が肩身を狭めた。

「しかたないな。次はかならず持参せいよ」

「かならず」

「誓って」

二人が約束した。

「よし、では、あとは好きにしろ。おい、そこ、木刀を軽く握りすぎだ」

そう言って師範代は他の弟子のもとへと離れていった。

「今日で最後だな」

小声で佐藤が言った。

「うむ」

短く山下が応えた。

「せいぜい使わせてもらおう。おい、やるぞ」

「わかった」

佐藤の促しに、山下が腰をあげた。

「まずは前後から挟み撃ちにする形だ。儂が頭を抑える。おぬしは後ろからだ」

「おう」

打ち合わせに山下がうなずいた。

「まず、最初に儂が出る。当然、相手は足を止める」

目立たないよう、道場の片隅で二人が型を使った。

「今度は左右から挟撃だ。あるていどの道幅があれば、左右からかかるのもよかろう。儂が目標の右に立つ」

「よいのか」

山下が気にした。

刀は左腰にある。腰を回して抜き撃つ関係上、どうしても左の動きは、固くなる。襲う位置取りとして、右は不利であった。

「かまわぬ。儂のほうが席次が高い。また、守勢にも慣れている」

淡々と佐藤が述べた。

「すまぬな」

それ以上山下も言わなかった。事実、今の師範代との稽古試合で、佐藤が数合耐えたのに対し、山下は二撃めで肩を打たれていた。

二人は念入りに動きを確認していた。

「不意に来たかと思えば……」

　その様子を、道場の上座、師範席への出入り口である扉の隙間から道場主柳生舶《はく》斎《さい》が見ていた。

「あれはどう見ても、二人で一人を討つ形よな」

　生涯剣一筋に生きてきた舶斎である。すぐに佐藤と山下の連携の目的を見抜いた。

「東川《ひがしがわ》」

　扉から顔だけ出して、舶斎が師範代を呼んだ。

「はい。どういたされましたか」

　道場へ出ず、覗くような姿勢の舶斎へ、師範代東川が怪訝な顔をした。

「儂が顔を出しては、束脩を滞納している佐藤と山下が居づらかろう」

「なるほど。いや、お心遣い、二人に代わりまして、お礼申しあげまする」

　東川が頭を下げた。

「なに。弟子への気遣いも師匠の仕事だ。それより、あの二人は、左伝と親しかったのではなかったか」

「たしかに柳とはよく稽古していたようでございまする」

　師匠の問いに東川が答えた。

「左伝のことをなにか申しておったか」

「いえ。顔を見たら、木札がなくなったことを伝えてくれとは頼みましたが」

東川が会いたいと頼んだことを抜いて告げた。

「他には」

「次は東脩を忘れるなとも」

「そうか。ご苦労だったな。儂は少し他行してくる。昼には戻る。それまで任せたぞ」

稽古を東川に依託して、舶斎が奥へと戻っていった。

舶斎の道場は、牛込天神町《うしごめてんじんちょう》にあった。幕府大老《たいろう》の職に就ける譜代名門若狭小浜《わかさおばま》藩酒井《さかい》家の下屋敷と辻《つじ》を挟んで角をつきあわせる形であり、弟子には藩士の姿も多かった。

舶斎は柳生と名乗ってはいるが、かの将軍家お手直し役の柳生家の一門ではなかった。先祖が同じ大和《やまと》の出で、何代もさかのぼれば、縁続きになるとはいえ、今では赤の他人と変わらない。ただ、同苗《どうみょう》の誼《よしみ》で、柳生道場へ入門を許され、二十五年目にして独立し、今に至っていた。幸い同じ柳生という苗字が効果を発揮し、門下生は多い。また、下手な道場破りも来ない。舶斎は、剣術道場の主として、成功している数少ない一人であった。

「これは先生。お出かけでございますか」

道場を出たところで、小浜藩の藩士とすれ違った。

「ああ。貴殿は今から稽古かの」

「そのつもりでおりましたが、先生がお留守ならば後日にいたしまする」

「ならば、昼過ぎにお出《いで》なさい。無駄足をさせたお詫び代わりに、稽古をつけてしんぜよう」

「さようでございますか。では、のちほど」

舶斎に誘われた藩士が喜んだ。道場の稽古は午前中が決まりである。昼から来て、師範に稽古をつけてもらえるのは珍しかった。

「お待ちしておりますぞ」

ていねいな口調で応えて、舶斎は藩士と別れた。

最後の戦いであった天草の乱も昔話となった。実戦を経験した者は、鬼籍《きせき》に入り、天下泰平の気風に人々は染まった。武家でも真剣を抜いたことのある者は減った。武家の表芸も刀から筆に代わり、剣が遣える者より、算盤を扱える者が出世するようになった。

となれば、剣術を学ぼうという者が少なくなるのは当然であった。剣術道場はどこも弟子の獲得に難儀《なんぎ》をし、江戸でも流行《はや》っているといえるところは、両手の指で足りる。当然、ただ剣術を教えるだけでは、やっていけなくなった。

そこで剣術遣いたちは、剣禅一如という理《ことわり》を編み出し、剣術は人殺しの術ではなく、精神修養の手段だと言い出した。

もちろん、それだけで弟子が門前市《もんぜんいち》をなすわけはなく、それ以上のものを提示できなければ、寂れていくしかない。

剣術も世を過ごす手立てである。剣術遣いたちのなかで、何人かがこのことに気づいた。

人を相手にする生業の極意はどれも同じである。いかに多くの顧客を得、儲《もう》けを産み出すか。これに尽きる。かつてのように、厳しい稽古を課し、辛く当たっていては、弟子が続かない。うまくおだてあげていかなければならない。さらに、己が上達している、剣の才能があると思いこまさないと、あきらめて辞めてしまう。それを防ぐために、折紙、目録などを乱発する。

こうして剣術は商売になった。

流行っている道場の主は、誰もが愛想《あいそ》がいい。船斎もこの伝《でん》に漏れなかった。

「最近、お姿を見ませぬな。もう一歩で目録まで来られておるのに、今のままでは惜しい」

「先日の動きはよかった。忘れぬうちに稽古を重ねなされよ」

顔見知りと会う度に、足を止めて話をするため、舶斎の歩みは遅かった。

といっても、せいぜいが町内をはずれるまでである。小旗本の屋敷が多い牛込天神町を西へと進めば、町屋《まちや》になる。その辺りから顔見知りも少なくなり、舶斎の歩みは早くなった。

「藤川どのはおられるかの」

四谷の伊賀者組屋敷へ着いた舶斎は、門番として立っている伊賀者同心に話しかけた。

「お屋敷におられるが、なかには左伝もおるぞ」

「それはまずいの」

一瞬考えた舶斎は、ちらと後ろを振り向いた。

「申しわけないが、そこの寺までちとご足労願いたいとお伝えくだされ」

すばやく舶斎は一朱銀を伊賀者同心の袂《たもと》へ落とした。

「わかった」

伊賀者同心が組屋敷のなかへ消えるのを見て、船斎は寺の山門陰へと身体を移した。

「何用だ」

待つほどもなく、藤川が現れた。

「左伝がおるそうだな」

「見張っておらねば、なにをしでかすか、なにもせぬか、わからぬでな」

訊かれた藤川が苦い顔をした。

「しかたあるまい。そう仕向けたのは、貴殿だ」

「ふん。さっさと言え」

皮肉に藤川がいらだった。

「ここ最近、左伝が誰かと会っておらぬか」

「…………」

藤川の表情が厳しくなった。

「会ったのだな」

船斎は変化を見逃さなかった。

「誰と会ったかまではわからぬが、品川の旅籠に入って半刻（約一時間）ほど目が離れた」

　正直に藤川が告げた。

「そうか」

「どうした」

「吾が道場のはぐれ者と会っていたのではないかと思える節《ふし》がある」

　佐藤と山下のことを船斎が語った。

「おい」

　山門へ向けて藤川が呼びかけた。

「牛込天神町の柳生道場まで行き、二人の顔とどこに住んでいるのかを確認しておけ」

「承知」

　頭上から返答がした。

「…………」

　驚きもせず、船斎は黙っていた。

「気づいていたか」

「少し甘くなったのではないか。気配が丸わかりであったぞ」

船斎が苦言を呈した。

「術者を大量に失ってな、まだ修行途中の者を使わねば、手が足らぬのだ」

藤川が顔をゆがめた。

「まあ、生半可《なまはんか》な者に見つかるほどではないが、おぬしが現役であったころは、こちらも集中して探らないと、気配を感じられなかった」

懐かしむように船斎が言い、藤川が受けた。

「感じられるだけ、異常だ。伊賀の隠行は、同じ忍でさえわからぬというに」

「お互い、老《ふ》けたな」

「時代から弾《はじ》かれたのだ。探索御用を外された伊賀者に先はない。若い者が死ぬほどの修行に耐えるだけの意味を失った」

「剣術も忍の技も要らぬ世になったことを喜ぶべきなのだろうが……」

「我らも生きていかねばならぬ」

二人は顔を見合わせた。

「助かった」

藤川が船斎に頭を下げた。

「貸し一つ、いや、左伝のことを入れて二つだな」

舶斎が指を立てた。

「御用部屋から流れてきた噂だ。まだ、確定したわけではないが、どうやら上様は尚武《しょうぶ》を言い出されるようだ」

声を潜めて藤川が言った。尚武とは、武芸を奨励《しょうれい》することだ。

「ほう。倹約の次は尚武か。上様は幕初の御世に戻されるおつもりのようだの」

ほんの少し、舶斎の目が大きくなった。

「無理だがな。人は一度知った味を忘れられぬ。白米に慣れた者に玄米を喰えと言っても、聞きはせぬ」

あっさりと藤川が否定した。

「表向きだけ従うだけか。ならば、道場が流行ろうな」

舶斎が笑った。

「牛込あたりの小旗本にとっては、笑い話ではすまぬぞ。上様のお気に召すかどうかの瀬戸際だ。いっせいに動き出すだろうよ。なんとか流の免許でございとか、目録だとか言い立てて、役付きを願うはずだ」

旗本の数に比して役目は少ない。無役の旗本たちは小普請組に入れられる。その名のとおり、小普請とは江戸城の小さな修理を担当するが、まさか旗本に壁塗りをさせることなどできない。そこで役目代わりの人足代金を負担させるようになっていた。役料は入ってこないうえに、小普請金まで取られてはたまらない。なにより、小普請組にいる限り、出世はなく、禄も増えないのだ。旗本たちは必死で小普請組から抜け出そうとしていた。

「天神町の柳生道場では、折紙、目録が得やすいとの噂を流してやろう」

噂を流したり、話を変化させたりするのは、忍の得意技である。

「ありがたいな。さきほどの尚武の話とで貸し借りはなしだ」

藤川の言葉に、船斎が納得した。

二

竹姫への謹慎通達には、聡四郎が命じられた。大奥には、目付に相当する役目がないことと、五代将軍の娘へ罪を言い渡す格が求められたからである。

ここでも吉宗の娘婿という看板が使われた。忸怩《じくじ》たる思いを秘めながら、聡四郎は大奥へ入った。

「風紀《ふうき》を乱したことを咎め、三日間のお目通り禁止とする」

大奥の御広敷座敷で、聡四郎は上座から竹姫を見下ろした。

「謹《つつし》んでお受けいたしまする。公方《くぼう》さまの御前体《ごぜんてい》、よしなにお願いいたしまする」

凜とした声で竹姫が承服《しょうふく》した。本来上様というのは、将軍になる前の呼称であり、就任以後は公方と呼ぶのが正しい。しかし、徳川家では将軍も上様と呼ぶものが多い。正式な公方という呼びかたをするのは、竹姫くらいであった。

「身を慎みおきまする」

三日間の目通り停止、実質大奥へかよっていない吉宗なのだ。まったく意味のない罰であったが、形だけとはいえ罪を言い渡されたことになる。竹姫の経歴に一つ傷が刻まれた。

「中臈鈴音」

「はい」

続けて聡四郎は中臈鈴音へと身体の向きを変えた。

「使用人の不始末の責は、そなたが負わねばならぬ」

「承知いたしておりまする」

勝ち気な鈴音が殊勝《しゅしょう》な態度で頭を垂れた。

「中臈の職を解き、お次とする」

「……かたじけのうございまする」

一瞬、詰まった鈴音だったが、将軍の裁可に異議を唱えることはできなかった。中臈からお次は五段階の格下げであった。これは鈴音が竹姫付きという立場であるため、やむを得ない措置であった。

中臈の下が小姓になる。小姓は御台所の身の回りの世話をするおおむね十五歳くらいまでの少女の仕事である。御台所がいない今、小姓役はいないため、対象外となる。その下の御錠口番《お》、表使は大奥の重要な役職であり、旗本の出でなければならないという慣習があり、鈴音には適さない。続く右筆《ゆうひつ》は、能書であれば身分は問わなかったが、上臈や年寄の側近くに仕えたため、竹姫付きのままを維持するとなるとさせられない。

結局、道具や献上ものなどの搬入、新たに雇い入れる女中の斡旋などを扱うお次まで下げざるを得なかったのだ。

「以上である」

聡四郎は上使としての役目を終えた。

「竹姫さまには、まことに申しわけなきことと存じまする。この度の申し渡しも、形だけのものだと、上様より言付《ことづ》かっておりまする」

用人の立場に戻って、聡四郎は慰めた。

「いいえ。これはわたくしの不徳の致すところでありまする。水城、そなたには詫びなければなりませぬ。大事なかったとはいえ、局に属する者が迷惑をかけました」

深く竹姫が頭を下げた。

「畏れ多いことをなさいますな」

あわてて聡四郎は上座からおりた。

「わたくしは傷一つ負っておりませぬ」

「強いのですね」

竹姫が歳相応の微笑みを浮かべた。

「鈴音、少し下がりなさい」

「はっ」

言われて鈴音が、御広敷座敷下段の間襖際まで退いた。

大奥ではたとえ御用であろうとも、男と女が二人きりで会うことは禁じられている。畳にして六枚ほどの距離、これが他人払いの精一杯であった。

「京の者でしたか」

小声で竹姫が問うた。

「わかりかねまする。ただ、江戸の伊賀者ではないと言質《げんち》は取りましてございまする」

「またあると思いまするか」

「…………」

「気休めは要りませぬ」

沈黙した聡四郎へ、竹姫が真摯《しんし》な目を向けた。

「忘れられた姫であった妾を、公方さまは男として欲してくださいました。ならば、それに応えるのが女というものでございましょう。妾は公方さまの御台所にふさわしい女になりたい」

「姫さま」

聡四郎はまだ幼い竹姫の決意を見た。

「ございましょう。上様の周囲は敵ばかり、当然、竹姫さまも難しいお立場になられまする」

糊塗《こと》するのを聡四郎は止めた。

「妾も狙われまするか」

「ないとは申せませぬ」

聡四郎のもっとも怖れるのが、それであった。もし、大奥で竹姫が害されるようなことになれば、吉宗の怒りはどれほど大きくなるか。大奥を廃すると言い出すのは確実。それだけではすまず、女中たちすべてに罰を言い渡しかねなかった。

そのようなことになれば、大奥は反発する。

将軍と大奥が争えば、幕府の権威は大いに揺らぐ。なにせ、大奥には三代将軍家《いえ》光《みつ》から、不介入のお墨付きが与えられていた。大奥への手出しは、家光の否定に繋がる。譜代大名や旗本のなかにも吉宗への反発を持つ者が出てきかねないのだ。吉宗の目指した幕府建て直しが止まるどころか、根太《ねだ》ごとひっくり返ってしまう。

「公方さまのご退位もあるの」

「……………」

竹姫の言葉に聡四郎は息を呑んだ。幼児のときに江戸へ連れて来られ、それ以降大奥から一歩も出ず、綱吉の死後は忘れられた姫として、誰にも相手にされていなかった竹姫が、的確に状況を把握している。聡四郎はあらためて、竹姫の聡明《そうめい》さに驚いた。

「妾が原因でそのようなこととなっては、公方さまに申しわけない。しばし、大人しくしておりまする」

「ご賢察《けんさつ》畏れ入りまする」

聡四郎は頭をさげた。

「ご入《い》り用《よう》のものがございましたら、ご遠慮なくお申し付け下さいますよう。上様よりご要望をうかがうよう命じられておりまする」

「いけませぬ。これ以上公方さまのお気遣いをいただいては、今回のことが無駄になりまする」

竹姫が首を振った。

「鏡にいただいたお名前を頼りに、佳《よ》き日をお待ちいたしておりますると、公方さまへお伝えくださいますように」

まだ上使として聡四郎を扱い、竹姫が平伏した。

「承りましてございまする」

聡四郎は応えた。

「水城」

顔をあげた竹姫が、聡四郎を呼んだ。

口調が変化していることから聡四郎は、御広敷用人として用件を伺う姿勢を取った。

「なんなりと」

「妾の慎みが明けたなら、紅どのを呼んでよいか」

「紅をでございまするか」

妻の名前が出たのを、聡四郎は確認した。

「話を聞かせて欲しいのじゃ」

「お話でございまするか」

「うむ。夫婦のことを教えてもらわねばならぬ。妾も待っているだけではよくなかろう。公方さまのお手伝いはできぬゆえ、将来のための勉学だけでもしておこうと」

竹姫が告げた。

「お役に立てるかどうか」

「そなたの意見を聞いてはおらぬ。これは命じゃ」

夫婦のことと聞かされて腰の引けた聡四郎へ、竹姫が宣した。

「……承知いたしましてございまする」

役目柄断れない。もともと聡四郎は、竹姫の慰めを紅に頼むつもりでいたのだ。

聡四郎は深く頭を下げ、大奥を後にした。

家士《かし》の役目は多い。とくに水城家の筆頭家士となった大宮玄馬は忙しい。聡四郎の登下城の供、他家への使者、他の奉公人の監督など、それこそ休む間もない。しかし、主である聡四郎が命を狙われているため、剣士としての鍛錬を怠るわけにもいかなかった。

玄馬は、一刻（約二時間）ほどの余裕を見つけると、早足で道場へ向かい、師の教えを受けていた。

一定の強さをこえると自己の鍛錬だけでは伸びにくくなる。これはあるていど己なりの型を身につけた証明ではあるが、同時に悪いところを見つけにくくなる。人は誰でも同じだが、どうしても己に甘い。己のやっていることにまちがいはないと思いこんでしまう。だが、思いこまなければ、修行などできなかった。一挙動ごとに、ああでもない、こうでもない、次はこうしてみよう、今度はこうしてみようと、試行錯誤ばかりでは、筋が一定しなくなる。筋が安定しないと剣を振る、腰を動かすなど身体が安定せず、上達しないのだ。

もちろん、修行の途中ならば、試行錯誤は要る。いや、しなければならない。だが、一流を立てられるところまでいくと、試行錯誤は新しい技のためのものとなり、日頃の稽古ではおこなわれなくなった。毎日同じ繰り返しに陥ってしまえば、進歩はない。袋小路に入ったとき、師の助言があれば、すばやく抜け出せる。

玄馬は師の目をとおして、己をさらなる高みへあげようとしていた。

「来たか。それほど余裕もなかろう。すぐに始めい」

道場へ着いた玄馬を入江無手斎が促した。

「はい」

壁際にかけられている木刀を玄馬は手にした。

「お願いいたしまする」

一礼して玄馬は木刀を振った。

「…………」

入江無手斎は相手をせず、じっと玄馬の動きを目で追った。

宿敵浅山鬼伝斎《あさやまきでんさい》との戦いで、入江無手斎は右手の肘《ひじ》から先の力を失った。そのため道場を閉め、今は隠居の状態となっていたが、江戸に知られた名人である。十分、聡四郎や玄馬とも立ち合える入江無手斎だったが、もう終わったとよほどでなければ木刀を握ろうとはしなくなっていた。

「止め」

ひとしきり玄馬が木刀を振るのを見て、入江無手斎が合図した。

「筋はゆがんでおらぬ」

「さようでございまするか」

師匠の言葉に、玄馬がうれしそうな顔をした。

「しかし、もったいないの。おぬしならまちがいなく一流を起こせる。あと十年、儂は無理だが、誰か遣い手に師事《しじ》すれば」

入江無手斎が嘆息した。

「それに新しい技の思案なども……」

「しておりませぬ」

玄馬が否定した。

「わたくしは、水城家の家臣でございまする。剣術で身を立てていくわけではございませぬ」

はっきりと玄馬が表明した。

「これだけの家士をもてる聡四郎をうらやましいと思うより、これほどの剣士を埋もれさせることを恨むわ」

小さく入江無手斎が首を振った。

「かたじけないお言葉ではございますが、師とはいえ主君の悪口《あっこう》はご遠慮いただきたく」

「わかっておるわ」

苦笑しながら入江無手斎が手を振った。

大宮玄馬は、もと八十俵の御家人の三男であった。聡四郎と玄馬の出会いは、この入江道場であった。兄弟子にあたる聡四郎が勘定吟味役となって家禄が増えたとき、家督《かとく》を継げず将来の展望のなかった大宮玄馬を家士として迎えてくれたのだ。身分は直臣だった御家人から陪臣へと落ちたが、家禄として五十俵を与えてくれている。同じような貧乏御家人の家へ養子に迎えられれば幸運、商家や百姓の養子として出られればまだよし、最悪、兄の厄介者《やっかいもの》として生涯実家の納屋《なや》で下人《げにん》扱いされるはめになったかも知れない玄馬にしてみれば、聡四郎は恩人であった。

「もともと小太刀は守りにむいている」

真顔に戻った入江無手斎が話した。

太刀と比べて刃渡りが短いだけ小太刀は軽い。間合いはそのぶん狭くなるが、動きは速くなる。名の知れた富田流《とだりゅう》小太刀、中条流《ちゅうじょうりゅう》小太刀なども、相手の攻撃を凌《しの》ぎ続け、隙ができたところを撃つ形を取っている。

「下段からの斬りあげは、いうところない。あの踏みこみで、あれだけの疾さの一撃は、なかなか防げまい。今の儂ならばまちがいなく、やられるな」

入江無手斎が褒めた。

「左右からの袈裟《けさ》掛《が》けも問題ない。刃筋もしっかりあっているし、二撃目への流れもひっかかることはない」

「…………」

「だが、上段からの落としはいかぬ」

声を入江無手斎が厳しくした。

「わずかながら、刃筋が乱れる。外されることを前提としているな」

「上段からの一刀は見やすいのか、今までかわされやすく」

「次の一撃で仕留《しと》めるための見せになっているのだな」

「……はい」

玄馬が身を縮めた。

「涼天覚清流《りょうてんかくしんりゅう》の極意《ごくい》を忘れたか」

入江無手斎が怒鳴りつけた。

「袈裟掛けのときはよかった。おそらく最初の一撃を防げる者はそうそうおるまい。だが、上段からの一刀は、あきらかに次への布石《ふせき》になり、軽い。あれでは、急所に当たらぬ限り致命傷にはならぬ」

涼天覚清流は、上段からの一撃で兜《かぶと》ごと鎧《よろい》武者《むしゃ》を両断するのを極意としている。一撃にすべてをこめ、二撃目を顧みない薩摩《さつま》示現流《じげんりゅう》ほどではないが、それに近いのだ。入江無手斎が叱ったのも当然であった。

「申しわけございませぬ」

「もう一度やってみせよ。上段だけでいい」

詫びる玄馬へ、入江無手斎が命じた。

「はい」

玄馬が木刀を構えた。

三

主君の出迎えに汗を掻いていては無礼になる。稽古を終えて汗だくになった玄馬は、道場裏手の井戸で水を浴び、身を清めた。

「では」

「聡四郎にも来るようにと伝えよ。お役目大事は当然だが、なまるぞとな」

「わかりましてございまする」

門まで見送りに来た入江無手斎の伝言を預かって、玄馬は道場を後にした。

役人の下城時刻は役目によって違った。御広敷用人は割に融通がきく。もっともそれは、家士にとって面倒であった。

何刻までと決まっていれば、その前に大手門前へ着いておけばいいが、一定していないと、あらかじめ打ち合わせておくなり、見積もって早めに来るなりしなければならない。御家人など身分の軽い役人で供も連れていない者ならばよいが、あていど以上の役職で迎えに来る者がいないのは恥となる。家士にとって、御広敷用人は手間のかかる役目であった。

「今日は夕方までお勤めになられるはず」

玄馬が大手門前を見回し、主君の姿のないことを確認した。

聡四郎と玄馬は、朝登城のおりに、下城の刻限を話し合っていた。なにせ、伊賀者を敵に回している。一人で行動するのは危ない。

「お帰りなさいませ」

小半刻足らずで、聡四郎が城から出てきた。

「待たせたか」

「いいえ」

気遣う聡四郎へ、玄馬が首を振った。

「お荷物を」

玄馬が手を伸ばして、聡四郎から弁当箱を受け取った。

寄合格《よりあい》で御広敷用人ともなれば、登下城に家士二人、槍持ち中間《ちゅうげん》、挟箱《はさみばこ》持ち、草履《ぞう》取《り》り、中間の六人は供として要る。しかし、襲われたとき、足手まといとなっては意味がない。同行させるならば、少なくとも聡四郎と互角の腕がなければ困る。格に反しているとわかっていながら、聡四郎は玄馬だけを供としていた。礼儀礼法決まりごとにうるさい目付などが、なにも言ってこないのは、吉宗が倹約を推奨しているからであった。

「無駄な供をさせるならば、畑でも作らせろ」

吉宗は仰々《ぎょうぎょう》しい行列を仕立ててくる役人たちをこう言ってたしなめていた。そのおかげで、聡四郎は咎められずにすんでいた。

「行こうか」

宿直番《とのい》がないだけ御広敷用人はまだましであった。宿直番のある役目となると、夜具まで持参しなければならない。さすがにそうなれば、挟箱持ちの小者は用意しなければならなくなる。

「明日から三日間、登城せぬ」

「どうかなさいましたか」

歩きながら話した聡四郎へ、玄馬が問うた。

「竹姫さまが三日間の慎みに入られた」

「慎みでございますか」

玄馬が息を呑んだ。もっとも軽い罰ではあるが、経歴の傷となる。

「あの責任を取らされて」

「いや、取られたのだ」

聡四郎は竹姫を立派な大人として見ることにした。

「あの方なれば、きっと上様をお支えくださるであろう」

「まだ十三歳でいらっしゃると伺いましたが、そこまで」

玄馬が驚いた。

「栴檀《せんだん》は双葉《ふたば》より芳《かんば》しとは、竹姫さまのことを申しあげるのであろうよ」

感心しながら歩いている聡四郎と玄馬の後を、袖がつけていた。

「澪の仇《かたき》」

袖が聡四郎の背中をにらみつけた。人の身体でもっとも気配に敏感なのが首筋であり、続くのが背中と言われている。少し武術の修行を積めば、己に向けられる悪意を感じることはできた。また、もし武術にたしなみのある者をつけるときは、決して背中へ目を向けてはならず、足の裏を見るのがよかった。忍ならば知っていて当然の技である。だが、仲間を討たれた袖は、思わず聡四郎の背中をにらみつけてしまった。

「うん……」

「いかがなさいましたか」

聡四郎の気配が変化したのをすばやく玄馬が感じ取った。

「振り向くでないぞ。つけられているようだ」

足取りを変えないように注意して、聡四郎はささやいた。

「……承知」

玄馬が同意した。

「次の辻で待ち伏せしましょうや」

　歩きながら玄馬が提案した。

　辻を曲がれば、一瞬相手から姿が消える。それを利用してつけてくる相手を捕まえる。捕らえられなくとも、最低限、その姿を見ることはできる。

「いや、止めておこう」

　聡四郎は拒んだ。

「おそらく伊賀者であろう。ただし、御広敷伊賀者ではないと、組頭が断言している」

「信用できましょうか。忍とはあざむくものでございまする」

　伊賀者と何度か戦った玄馬の評は厳しかった。

「この間の今日だ。これでもし江戸の伊賀者とかかわりがあるとなれば、まちがいなく上様が動かれる。竹姫さまに迷惑がかかったのだ。かなりお怒りである」

　男にとって好きな女への手出しは、許し難い。

「江戸の伊賀組は潰される。いや、もっと厳しい対応になるやも知れぬ」

　吉宗の怒りを目《ま》のあたりにした聡四郎は、潰す以上の罰を与えるだろうと予測した。

「潰すよりも厳しい……」

「僻地《へきち》へ飛ばす。そう、たとえば、伊賀組を十人ほどに細分し、新潟《にいがた》奉行所や伊勢《いせ》山田《やまだ》奉行所などの小者としてしまう。禄も減らされ、余得もまったくない僻地で、二度と浮かびあがれない状況にする」

「……………」

玄馬が沈黙した。食べていけぬ禄とやりがいのない仕事。それを代々子供へと伝えていかなければならないのだ。その苦痛はいかばかりか。それこそ、ひょっとしたら養子の口がかかるかも知れないという一縷《いちる》の希望にすがれるだけ、貧乏御家人の厄介《やっかい》叔父《おじ》のほうがましであった。

「もちろん、伊賀組は信用できぬ」

聡四郎は断じた。

「だからこそ、今は手を出さぬ」

「十分相手を見極めてからでございまするな」

長く共闘してきた仲である。玄馬がすぐに理解した。

「屋敷まで連れて帰ってよろしいのでございますか」

玄馬が確認した。

「とっくに知られていよう」

「では、そのように」

歩調も変えず、二人は本郷御弓町の屋敷へと向かった。

「しまった。気づかれた」

袖が小さく舌打ちをした。

いかに知らぬ振りをしても、背後に敵がいるとわかれば、不意打ちを警戒して、肩に力が入る。肩に力が入れば、歩くときに左右へ振る手の動きが小さくなり、遠目でも変化はとらえられた。

「わたくしを捕まえるつもりだな」

振り返らない聡四郎たちの態度から、袖が読んだ。

「その手にのるか」

吐き捨てるように言って、袖が聡四郎たちとの距離を空けた。

「ばれたようだ」

背筋にあった気配が消えたと聡四郎は告げた。

「逃げられましたか」

急いで玄馬が振り返った。

剣の腕では玄馬が聡四郎より上である。当然、気配の探知も玄馬がうまい。しかし、不思議なもので、並んでいても一人に向けられた悪意は、本人でなければ感じ取りにくい。聡四郎に言われるまで、玄馬が気づかないのも当然であった。

「人が多い」

七つ(午後四時ごろ)過ぎは、帰途を急ぐ人で、江戸の町は混雑する。そのなかから気配を消した相手を探すのは至難の業であった。

「無駄であろう」

聡四郎は首を振った。

「気配の感触は覚えた。次にはすぐにわかる。今度は逃がさぬ」

殺気など、人の発する気配には、それぞれの色があった。

「……はい」

不承不承、玄馬がうなずいた。警固役として、主君の危難を少しでもなくしたい玄馬からすれば、聡四郎に危険なまねをさせたくない。

「殿、これからはお一人でのお出歩きは、厳にお慎み戴《いただ》きますよう」

「そうしよう」

玄馬の申し出に、聡四郎は首肯した。

人というのは、もっとも強いものしか気にしない。良い例が痛みである。腹痛を感じているとき、思い切り足を踏まれれば、一瞬とはいえ、人は腹痛を忘れる。これと同じことを聡四郎と玄馬はしてしまっていた。袖の気配を探るのに一生懸命となってしまったため、他の目があることに気が回らなかった。

「あれが従者か」

「……できるな」

佐藤と山下が昌平坂《しょうへいざか》の上から聡四郎と玄馬を見下ろしていた。

「ああ。柳といい勝負……いや、師範代と互角か」

「…………」

無言で山下が首を縦に振った。

「主君もそこそこ遣えそうだが……おぬしと同格か」

「わからぬ。やってみないことには何とも言えぬ」

比べる佐藤へ、山下が答えた。

「今はいかぬの」

「我らが求められたのは、従者の始末。主君までは入っていない」

山下が無駄働きはしないと言った。

「たしかにな。あの二人を同時に相手するとなれば、こちらも無事ではすまぬ。従者一人だけでも、柳がどうしようもできなかったのだ。我ら二人で、かろうじてというところだろうな」

佐藤もわかっていると応えた。

「どうだろうか。我らがあの従者を相手している間に、柳どのに主君を討ってもらうというのは」

山下が提案した。

「妙案《みようあん》かも知れぬ。だが、どうやって柳どのに連絡するのだ」

手を打ちかけた佐藤が、問うた。

「それは……」

破門された左伝は道場へ近づくことはできない。もともと内弟子扱いで、道場の片隅で寝起きしていた左伝は、ねぐらごと失った形になっている。

「先日訊いておくべきであったな」

佐藤がしくじったという顔をした。

「であったな」

大きく山下も嘆息した。

「柳どののよく行かれていたところなど、おぬしは知っているか」

「いいや。いつでも道場に行けば会えた。それに出かけるのを見た覚えもない」

尋ねる佐藤へ、山下が肩をすくめた。

「考えてみれば、柳どのは道場がすべてであったのだな」

「うむ」

二人は顔を見合わせた。

「我らが入門したとき、すでに柳どのは道場におられた。儂より若かったが、それこそ鬼気《きき》迫る表情で稽古に励んでおられた」

佐藤が述懐《じゅっかい》した。

「であったな。当初は互角かと思ったが、すぐに離されていった」

山下も思い出した。

「何人もいる内弟子のなかで、もっとも早く道場に入り、最後に出られていた。まさに剣術がすべて、道場が居場所であった」

「その柳どのが、破門になる」

「女や酒に淫するほど弱くはない。先日も、酒は含むていど、女は抱かずに帰られた。これから見ても放蕩《ほうとう》されたとは思えぬ」

品川での左伝のおこないは、変わっていないと佐藤が言った。

「ただ……」

「……ただ」

口籠《くちご》もった佐藤を、山下がうながした。

「金を持っていた」

「……たしかに」

道場の内弟子とは、剣術にすべてをかけ、いずれ道場を継ぐか、師範の推挙を受けて仕官を望むかのどちらかである。衣食住のすべてを道場に頼る代わりに、その雑用などいっさいを受け持つ。そこに報酬はありえない。せいぜい道場主が、雀の涙ほどの小遣いを年に数回くれればいいほうなのだ。

道場の内弟子が金を持つ。実家が裕福でもない限りありえなかった。

「そのうえ、我らに報酬を出すと言う」

「ううむう」

山下がうなった。左伝の行動は今までと違いすぎた。

「あの旗本を斬ることを頼まれた。そのために道場を離れたとしか考えられぬな」

「だが、どこから刺客を頼まれたのだ」

「…………」

佐藤に問われた山下は答えられなかった。

道場の内弟子が、勝手に仕事を受けることは許されなかった。でなければ、どこで流派の名前が出て、道場主に迷惑がかかるかわからない。道場の看板に傷を付ける。それだけはなにがあっても避けなければならない。なにより、内弟子は世間が狭い。旗本を討つようにと依頼してくる人物との縁などありえなかった。

「一人だけ、柳どのに命を出せるお方がおられる」

苦い顔で佐藤が述べた。

「まさか……」

山下が声をあげた。

「おそらく師がかかわっておられよう」

「柳どのは、道場へ影響を及ぼさぬように破門されたというわけか」

「…………」

無言で佐藤が肯定した。

「となれば、我らのことも知られていると考えるべきだな」

「ああ」

佐藤が同意した。

「……どうする」

少し考えて山下が訊いた。

「今なら逃げられるぞ。前金というほどの金を受け取ったわけでもなく、酒と女をおごってもらっただけだからな。多少の気後《きおく》れですむ」

「……ふむう」

山下が佐藤の話に悩んだ。

「どうせ道場にはもう戻れぬ」

束脩を払っていないだけでなく、師がからむ刺客の仕事を果たさずに消えれば、道場に顔を出すどころではない。師範や師範代に見つからないよう、近づくことも避けなければならなくなる。

「思い切って上方《かみがた》へ移るという手もあるな」

「上方か」

少しだけ山下が嫌な顔をした。

「商売の町だからな。道場は少ないが……その代わり商家の用心棒の仕事には困らぬというぞ」

「用心棒か……」

山下が悩んだ。

「もう我らに剣客としての目はあるまい」

「…………」

「江戸にいては用心棒の仕事さえまわってこない」

もちろん、天下の城下町江戸である。商家の数も上方に負けてはいない。用心棒の仕事もある。ただ、それ以上に浪人が多く、一つの仕事を奪い合わなければならない。人入れ屋などに顔が利《き》かなければ、まず仕事にありつくのは無理であった。

「喰うに困らぬだけでもありがたいと思うぞ」

歳嵩の佐藤が告げた。

「道場の夢、故郷へ戻りたいというのはわかるが、刺客で得た金で念願を果たしても父上は喜ばれまい。それよりもひっそりでいい。市井《しせい》にまぎれたとしても、生きているほうが親孝行ではないか」

「……ああ」

長い逡巡《しゅんじゅん》の後、山下がうなずいた。

「そうはいかぬな」

二人の背中から声がかけられた。

「何やつ」

「…………」

二人が太刀の柄《つか》に手をかけた。

振り向いた二人の前に立っていたのは、御広敷伊賀者組頭藤川であった。

「依頼主だ」

「……依頼主だと」

「そうだ」

驚く佐藤へ、藤川が首肯した。

「柳に頼んだのは、拙者だ。名前も身分も教えぬがな」

藤川が述べた。

「それを信じろと」

「信じるしかあるまい。おぬしたちの顔を知り、声をかけた。これだけでも十分な証拠であろう」

「我らの顔を知っている。……やはり、道場と繋がっている」

佐藤が苦い声を出した。

「柳とつきあいが長いだけよ」

嘘ではない。藤川は柳左伝が子供のころから知っていた。

「では、柳が我らを」

山下が咎めるような口調で言った。

「おぬしたちを選んだのだ。できると思ってな。でなくば、仕官の口を紹介すると言えば、いくらでも遣い手は集められる」

藤川が山下へ目を向けた。

「友人の心遣いを無にするか」

じろっと藤川が二人を見た。

「褒賞《ほうしょう》はまことだろうな」

「うむ。成功すれば、金はやる。なんなら仕官でもよいぞ。大した禄はやれぬがの」

藤川が保証した。

「仕官……どこの藩だ」

金は遣えばなくなる。しかし、仕官して与えられる禄は子々孫々まで伝えていける。

「それは言えぬ。言えば、儂の正体も知れよう」

藤川が拒んだ。

「…………」

佐藤と藤川がにらみ合った。

「念のために言っておくが、おぬしたちの顔は知れている。逃げたならば、我らも探す。生涯我らの目を怖れて隠れるか」

藤川が脅した。

「……やむを得ぬ。引き受けよう」

「よいのか」

山下が佐藤の手を引いた。

「ああ。いたしかたあるまい。死ぬまで隠れ続けるなどできぬぞ。道場を創るなど論外になる」

「……わかった」

佐藤が首を振った。

わずかなためらいののち、山下も同意した。

「結構だ。では、さっそくにやってくれ」

「今からか。無理を言うな。二人おるではないか」

求める藤川へ、佐藤が拒絶した。

「我らが受けたのは、従者だけ」

「主もついでに仕留めてくれれば、褒美は奮発《ふんぱつ》するぞ」

藤川が褒賞をつり上げた。

「いいや、取り決めは変えぬ。二人相手はきつい」

佐藤が拒んだ。

「では、いつやる」

「できるだけ早くとしかいえぬな。従者が一人きりになってくれぬと手が出せぬ」

急かす藤川へ佐藤が述べた。

「どのくらい離せばいい」

「そうだな。対峙して小半刻（約三十分）は最低欲しい」

「小半刻か。ならば、今そうしよう」

「えっ」

佐藤が間の抜けた顔をした。

「少し離れてついてこい」

唖然《あぜん》とする佐藤を残して、藤川が離れていった。

話をしている間に、聡四郎と大宮玄馬は昌平坂を登り切り、右へと曲がっていた。

「水城さま」

水戸藩邸の角で聡四郎は呼び止められた。

「おぬしか」

声でわかっていたが、振り向いた聡四郎はあからさまに嫌な顔をした。

「おそれいりまするが、少しお話を」

「明日でもよかろう。城中でいたせ」

藤川の申し出を聡四郎は拒んだ。

「……竹姫さまにかかわることでございまする」

すっと近づいた藤川が、聡四郎の耳に囁《ささや》いた。

「申せ」

「ここでは……」

藤川が玄馬を見た。

「吾が従者である。問題ない」

他人払いを求めた藤川に聡四郎は首を振った。

「陪臣風情《ふぜい》に、竹姫さまのお話は聞かせられませぬ」

「ぬう」

聡四郎はうなった。正論であるだけに、反論しにくかった。

「一刻を争いまするぞ」

藤川が急かした。

「殿……」

玄馬が藤川を見た。

「この場で吾を襲うほど、馬鹿ではなかろう。すでに上様の耳に、吾と伊賀組の確《かく》執《しつ》はお報せしてある。なにかあれば、上様が報復してくださるであろう」

案ずる玄馬へ、聡四郎は告げた。

「つっ……」

藤川が表情をゆがめた。

「誓って、なにもいたしませぬ」

一瞬で表情を戻し、藤川が宣した。

「玄馬、ここで待っていてくれ。藤川、ついて参れ」

指示を出して、聡四郎は角から少し路地へ入った。

「もう少し、こちらへ。そこでは邸内に聞こえるかも知れませぬ」

藤川が誘導した。

「いや、ここでいい。お名前を出さなければ、どなたのことかなど、わかるはずもない」

聡四郎は表通りの見渡せるところから動かなかった。

「いたしかたございませぬな」

藤川が承知した。

「さっさと用件を言え」

「じつは、大奥で竹姫さま付きの鈴音どのに、あらたなお末の補充をいたそうとの動きがございまする」

「それがどうした」

先を聡四郎がうながした。

「そのお末は、天英院さまの息のかかった者が選ばれまする」

「……竹姫さまのもとへ、手の者を入れると」

「はい」

確認された藤川が首肯した。

「よくないな」

聡四郎が呻《うめ》いた。獅子身中の虫を抱えるのは難しい。うまく利用して、偽の話を摑《つか》ませたりできれば、有利にもなるが、それをできるほど竹姫は老獪《ろうかい》ではなかった。

「まだ決まっておらぬな」

「先日の今日でございますれば」

「ならば、急ぎこちらで手配するか。舅《しゅうと》どのに頼みこめばなんとかなろう」

紅の父、聡四郎の義父相模屋伝兵衛《でんひょうえ》は江戸城出入りの人入れ屋である。大奥女中の斡旋の経験もあった。

「よくぞ報せてくれた。これは借りておく」

「いえ、お気になさらず」

礼を言う聡四郎へ藤川が首を振った。

「今だ」

聡四郎と藤川が辻の向こうに消えたのを見て、佐藤と山下が走った。

「左右からいく。打ち合わせどおりにな」

「……おお」

佐藤の指示に、山下が応じた。太刀を抜いた二人が走った。

「なにやつ」

すぐに大宮玄馬が近づく二人に気づき、脇差を抜いた。躊躇は命にかかわる。重ねた戦いで玄馬は学んでいた。

「…………」

無言で佐藤が太刀を振った。

「遠い」

届かない、見せ太刀と読んだ大宮玄馬は動かなかった。

「ちっ」

反応しない玄馬に、佐藤が舌打ちをした。

白刃は怖い。目の前で振られれば、思わず身をそらしたり、さがったりする。体勢が崩れるのだ。そこへつけこんで有利に持ちこもうとしたあてがはずれた。

「行くぞ」

佐藤が大宮玄馬の右へ、そして山下が左へと開いた。

「おう」

山下が前へ出る気配を見せた。

「…………」

玄馬は無視した。

「やあ」

今度は佐藤が動いた。すっと間合いを縮めて、上段から斬り落としてきた。

「ふん」

小さく息を吐いた玄馬が半歩下がった。

「なんの」

かわされた太刀を、佐藤がひねり、横なぎからの斬りあげへと移った。

「やるなっ」

流れるような二撃目に感心しながら、玄馬は左前へ踏み出すようにして、これにも空《くう》を斬らせた。

「そっちだ」

動きのまま、玄馬は佐藤ではなく、山下へ向かった。

「おわっ」

佐藤の相手をしている玄馬が、いきなり来ると思っていなかったのか、山下の初動が遅れた。

あわてて太刀で防ごうとしたが、間に合わず、薄く右手二の腕を裂かれた。

「こいつめええ」

傷ついた山下が激昂した。

剣術遣いといえども、真剣での勝負の経験などない。初めて白刃の前に晒《さら》され、血を見ては、冷静さを失うのも当然であった。

太刀を上段にした山下が、玄馬目がけて斬りかかった。

「よせ、落ち着け」

佐藤が急いで駆けつけようとしたが、すでに斬りあげる体勢になっている玄馬が早かった。腰を屈め、低くなった玄馬が、下段の一撃で山下の脇腹を割り、そのまま向こうへと駆け抜けた。

「えっ」

肝臓を裂かれた山下が即死した。

「くそっ」

崩れる山下の身体が邪魔をして、佐藤は玄馬の背中を追い撃てなかった。

「道場を継ぐと言って修行のために江戸へ出てきたのに。儂と違いまだ夢があったものを」

「それがどうした。人を襲う理由にはならぬぞ」

叫ぶ佐藤へ、玄馬は冷たく言い返した。

争闘の気配はすぐに聡四郎の耳に届いた。

「どけっ」

前にいた藤川を突き飛ばす勢いで聡四郎は走った。

「わたくしも」

聡四郎の体当たりをかわした藤川が続いた。

「玄馬」

位置が入れ替わったことで、玄馬は少し辻から離れていた。

「無事でございまする。どうぞ、そのまま」

玄馬が近づこうとする聡四郎を止めた。

「山下の仇だ」

佐藤が高青眼に構えた。突きの体勢であった。

「…………」

玄馬が緊張した。

「おうりゃあああ」

気勢をあげて佐藤が出ようとした。

「しゃっ」

「ぐっ」

短い気合いのあと、手裏剣が飛び、佐藤の後頭部に刺さった。急所をやられた佐藤が倒れた。

「危ないところでございました」

藤川が聡四郎に並んだ。

「きさまの手配であろう」

疑いの目で聡四郎は藤川を見た。

「心外《しんがい》でございまする。おいっ」

藤川が手を挙げた。たちまち四つの影が聡四郎たちの周囲に湧いた。

「もし、そうなれば、ここでお二方を討ち取れましてございまする」

「……………」

聡四郎は黙るしかなかった。玄馬に気を取られたとはいえ、藤川に背中を晒していた。

「助かった」

疑いは晴れていないが、礼を言わねばならない状況であった。

「いえ。御広敷用人さまをお助けするのが、御広敷伊賀者でございまする」

ぬけぬけと藤川が言った。

「では、これにて」

藤川が一礼して離れていった。

「殿」

「裏で糸を引いていたのはあやつだ。あまりにつごうがよすぎる。だが、証がない」

苦い声を聡四郎は出した。

「浪人者のようだが、走狗《そうく》にされただけだろうな」

「おそらく」

地に伏している二人を見ながら、主従はうなずいた。

「明日の吾が身よな」

聡四郎は嘆息した。

日暮れの江戸の町を駆け抜けながら、伊賀者が藤川を詰問《きつもん》した。

「好機であったぞ。あのとき全員で襲えば勝てた。なにより、組頭、おぬしは水城の後ろを取っていたではないか。あの場所ならば、必殺」

「その代わり、伊賀組は明日潰されたわ。今は御広敷用人を討つときではない。まず、我らの先を託せる相手を見つけてからじゃ」

藤川が言い返した。

「それにあれでいいのだ。今はな」

「どういうことだ」

「まず、これで御広敷伊賀者は、御広敷用人を襲うつもりはないとの証をなした。これは後々きいてくる。いざというときにな。それに、策は敗れたのだ。あの場で従者があの二人に討たれていたならば、吾もためらわず水城を殺した。あの二人を下手人として差し出せるしの。しかし、二対一で勝てなかったのが、ぎゃくになってはどうしようもあるまい。もし生きて捕らえられたら面倒だ。それにな」

走りながら藤川が説明した。

「それに……」

「頼みの友二人を失ったとあれば、左伝も悠長《ゆうちょう》なことは言っておられまい。動かざるを得ないだろう」

促す伊賀者へ、藤川が笑って見せた。

第四章　闘う女

一

三日間とはいえ、目通り禁止という罰を受けた竹姫に大奥は優しくなかった。

「上様のお休みどころとなるべき大奥で、お気を煩《わずら》わせるなど」

天英院に近い上臈姉小路が、厳しい応対を大奥全体に命じた。

「香木《こうぼく》の購入をご手配願いたく」

お次に降格した鈴音が、表使に頼んだ。大奥の購入する物品はすべて表使を経由する決まりであった。

「あいにくと香木の購入を任せていた店が、しばらく休業いたすとかで受けられぬ」

理由にもならない言葉で表使が拒んだ。

「……………」

鈴音が黙った。

大奥と香木は切っても切れないかかわりがあった。大奥は京の朝廷を模《も》している。雅《みやび》ということもあり、香《こう》は衣服に炷《た》きこめたり、部屋でくゆらせるなどかなりの量が消費されていた。

それがなくなる。あってはならないことであった。また、不測《ふそく》の事態になったときこそ、表使の腕の見せどころである。大奥きっての才媛《さいえん》と誉《ほま》れの高い表使が、買えませんと言うなどあり得ない話であった。

「さようでございまするか。されば、小間物《こまもの》のご手配を」

「残念だが、同様でな」

表使は購入細目を書いた書付《かきつけ》さえ受け取らなかった。

「さようでございまするか。では、これにて」

一言の苦情も口にせず、鈴音は引いた。いや、引かざるを得なかった。もともと表使は中臈よりも格上なのだ。将軍の寵愛を受けた中臈でようやく、表使と同格か、やや格上という扱いでしかない。お次にまで格下げされた鈴音では、反論どころか、反抗的な態度を取っただけで、罰せられかねなかった。

「申しわけございませぬ」

局に戻った鈴音が詫びた。

「かまわぬ。どちらもなければ困るというものではない」

竹姫は咎めなかった。

さすがに生きていくための食料品は制限されていなかった。不始末の責任を取らされたとはいえ、竹姫は吉宗のお気に入りである。食べものなどで嫌がらせをして、それを吉宗に訴えられれば、どうなるかは自明《じめい》の理《り》である。

小間物や香ならば、上様のご指示にしたがって倹約を励行《れいこう》いたしただけでとの言いわけができる。大奥女中の狡猾《こうかつ》さがここにもしっかり出ていた。

「しかし、侮るにもほどがございましょう」

鈴音の憤懣はおさまらなかった。

「落ち着きなさい。今しばしの辛抱」

竹姫がなぐさめた。

「いずれ公方さまがお助けくださいまする。あのお方は、妾を救い出してくださいまする」

忘れられた姫にとって、己を欲してくれる男ほど、頼りになるものはなかった。

「はい」

主君が文句を言わないのだ。これ以上鈴音が言いつのるわけにもいかなかった。

「お手紙でございまする」

主従二人がため息をついていたところに、お使番が手紙を届けた。

「ご苦労」

お使番は大奥でも下から数えたほうが早い身分である。横柄《おうへい》に鈴音が受け取った。

「どなたからじゃ」

「水城紅さまでございまする」

「まあ、紅どのから」

沈んでいた竹姫が表情を輝かせた。

「早く、早く」

竹姫が手紙を渡せとねだった。

「どうぞ」

封だけを切って、鈴音が手紙を渡した。

「力強い字を書かれること」

最初に竹姫は感想を口にした。

「……来てくださろうとしてくださった。でも拒まれた」

竹姫が喜んで、そのあと落ちこんだ。

「姫さま。どうなされました」

鈴音が問うた。

「紅どのが……」

手紙の内容を竹姫が告げた。

「申しわけもございませぬ」

鈴音が原因を知って詫びた。

「そなたのせいではない。それに三日の慎みはもう明けた」

竹姫が慰めた。

「それより、いつつごうがよいのじゃ。妾は紅どのに会いたい」

「当分なんの予定もございませぬ」

鈴音が答えた。

「そう。紅どのにお任せいたして大事ないな」

「……たいしたもてなしができませぬが」

喜ぶ竹姫へ申しわけなさそうに中臈鹿野《かの》が首を振った。

「茶があればよい。もてなしに不足を言われるお方ではない」

竹姫が言った。

「なにも魚菜《ぎょさい》があることがもてなしではない」

「はい」

鹿野が首肯した。

「ご返事を書かなければ。右筆《ゆうひつ》は駄目……」

最少の女中しかつけられていない竹姫の局に、右筆はいなかった。いつもは、大奥の年寄付きの右筆に頼んで代筆をしてもらっていた。それが今回はできそうになかった。

「わたくしがお書きいたしまする」

鈴音が声をあげた。

「書は嵯峨《さが》流《りゅう》を少々たしなんでおりますれば」

「そう。では、お誘いの文をお願い」

竹姫がはしゃいだ。

手紙を届けるのは五菜の仕事である。

「これを」

差し出された竹姫の手紙を五菜は拒んだ。

「申しわけございませぬが、表使さまのお許しを得ていただきたく」

大奥の女中に使われるのが五菜である。とくに物品の購入を司《つかさど》る表使との関係は深い。その表使に嫌われた形の竹姫の仕事を受けるのはまずかった。

「今までそのようなことを言われた覚えはないが」

格下げをされたとはいえ、鈴音は目通りできる身分である。対して五菜は、大奥女中が個人で金を出して雇っているだけであり、身分からいけば陪臣、いや臣でさえなかった。なにせ、五菜は、大奥女中でもっとも下級のお末に顎《あご》で使われるのだ。

「申しわけございませぬ」

なにを言っても、そのあとは詫びの一点張りで、五菜は手紙を受け取ろうとさえしなかった。

「そうか。手紙の宛先を知っても、そう言い張るのだな」

「へっ」

冷えた口調になった鈴音に、五菜が驚いた。

「宛先……」

触ろうともしなかった手紙へ五菜が手を伸ばした。

「無礼者。許しもなく竹姫さまのお筆に手を出すとはなにごとであるか」

鈴音が鋭く叱咤した。

「え、えっ」

さきほどまで届けろと言って差し出していた手紙に触るなと、真逆のことで叱られて、五菜がとまどった。

「御番《ごばん》の衆《しゅう》」

五菜を放置して、鈴音が七つ口を警衛している御広敷番を呼んだ。

「なんでござろうか」

御広敷番は、お目見え以下である。鈴音に対していねいな応答をした。

「この手紙をお届け願いたい」

「それはいたしかねまする」

手紙の配達は御広敷番の仕事ではなかった。

「宛先が御広敷用人水城聡四郎どののご内儀でも、よろしくないか」

「御広敷用人さまの……」

直接の上役ではないが、御広敷を差配する御広敷用人の影響力は御広敷番にも及ぶ。

「お預かりという形でよろしければ」

御広敷番が受けた。

大奥へ出入りする者が安全かどうか、問題のあるものでないかどうかを確かめるのは、御広敷番の任であった。預かったうえで支障なければ、それを相手に渡すのも御広敷番の職務から逸脱していない。まさに詭弁《きべん》であったが、こうすることで身を守る。これこそ役人の処世術《しょせいじゅつ》であった。

「結構だ」

鈴音は用意してきた風呂敷を拡《ひろ》げ、その端に手紙を置いた。

「ご免」

風呂敷の反対側を御広敷番が持ち、引き寄せた。こうすることで、女中と手が触れるといったまちがいを防ぐのだ。

「たしかにお預かりいたしましてございまする」

「よしなに願う」

鈴音が礼を述べた。

「……お許しを」

呆然とやりとりを見ていた五菜が、あわてて詰め所へと戻っていった。

五菜は公式な役目ではない。目こぼしとまではいわないが、幕府の枠の外にある。出入りのための鑑札《かんさつ》を与えられていても、そんなものはなんの保証にもならなかった。

もし、御広敷用人から不足を言い立てられれば、五菜などあっさり出入り禁止になる。

「親方」

「さわがしいぞ。ここは御上《おかみ》のお城だ。お咎めがあればなんとする」

七つ口の片隅に設けられた板張りの詰め所で、煙管《キセル》を咥《くわ》えていた五菜肝煎《きもい》りの権《ごん》蔵《ぞう》が叱りつけた。

「す、すいやせん」

五菜が詫びた。

「で、なんじゃ」

「じつは……」

うながされて説明した五菜の話を聞いた権蔵の顔色がなくなった。

「馬鹿野郎」

権蔵が配下を怒鳴りつけた。

「なんで手紙を引き受けなかった」

「そんなあ。竹姫さまの御用を受けるなと言ったのは親方じゃございませんか」

情けない声を配下の五菜があげた。

「もうちょっと気を遣え。手紙の宛先を聞いてから断るとかできねえか」

「無茶な」

五菜は使い走りである。そのうえ、男なのだ。二人きりでいるだけで不義密通《ふぎみっつう》とされ、大奥から放り出される女中にしてみれば、できるだけ相手にしたくない。用件以外で口をきくことを極端に嫌がるのだ。誰宛の手紙かなどは、引き受けてから知らされるのが普通であった。

「ええい、融通のきかねえ野郎だ」

権蔵が煙管を煙草盆《たばこぼん》へたたきつけた。

「てめえは、ここで身を小さくしてやがれ。少し出てくる」

「どこへ」

すがるような目で配下が権蔵を見た。

「表使さまとお話をしてくる」

権蔵が詰め所を後にした。

「ご免を。表使初雲さまにお目通りを」

御広敷番頭へ権蔵が願った。五菜には大奥への立ち入りが黙認されていた。

「御用か。うむ。通ってよし。伊賀者」

「はっ」

七つ口の片隅で端座《たんざ》していた御広敷伊賀者同心が立ちあがった。

五菜が大奥へ出入りするとき、万一のために見張りとして御広敷伊賀者同心が同行する決まりであった。

「お願いを致しまする」

腰を屈めて伊賀者へ挨拶《あいさつ》した五菜が、すばやくその袂へ紙包みを落とした。

「…………」

無言で伊賀者がうなずいた。

下のご錠口を管轄し、大奥の買いもの一切を司る表使の詰め所は、七つ口を入って廊下をまっすぐ進んだ突き当たり、御広敷座敷次の間の右隣にあった。

「肝煎りの権蔵でございまする」

廊下に権蔵は平伏した。

「しばし待て」

「はい」

小者の権蔵は座敷に入れない。権蔵は廊下で待った。

「控えよ」

たっぷり小半刻放置されて、ようやくなかから襖が開けられた。

「へへえ」

大仰に権蔵が額を廊下へ押しつけて平伏した。

「なに用じゃ」

権蔵の頭上から甲高《かんだか》い声が降ってきた。

「お忙しいところ畏れ入りまする。表使さまにご報告申しあげねばならぬことができましたので、参上いたしましてございまする」

廊下の床板を見つめたまま、権蔵が言った。

「申せ」

「竹姫さまのことでございまするが……」

権蔵が口籠もった。

「一同、誰も近づけるな」

初雲が詰め所にいた女中たちを使って、他人目をはばかるようにした。

「これでよかろう」

「おそれいりまする」

頭を下げたまま、権蔵がさきほどのことを告げた。

「御広敷用人水城の妻だと。上様の養女か。そういえば、文が来ていたのではなかったか。それに先日竹姫さまの局へとの求めがあったな。たしか騒動直後と断ったおぼえがある」

賢くなければ表使という要職は務まらない。初雲がすぐに事態を理解した。

「わかった。妾のほうで五菜たちを強く叱ったと竹姫さまのもとへ伝えておこう。そなたは、その手紙を断ったという五菜を辞めさせよ。これで話をつけておく」

「ありがとうございまする」

権蔵が礼を述べた。

「以後はいかがいたしましょう」

「竹姫さまよりの要請を受けてよい」

「それは、従来の扱いに戻すということでよろしゅうございますので」

「仕事は受けても、いつ達成するかは別であろう」

確認した権蔵へ、初雲が付け加えた。

「なるほど。お手紙が届くのが十日先になったり、お求めの商品が納品されるのが遅くなるのはままあることでございまする」

すばやく権蔵が真意を汲み取った。

「商品は売り切れることもある」

初雲が笑った。

「それだけか」

「お手数をとらせましたこと、お詫び申しあげまする」

もうないなと念を押した初雲に、権蔵が応えた。

「よし。一同、戻れ」

廊下へ散らしていたお使番たちへ声をかけて初雲が詰め所に消えた。

「…………」

すべてのお使番たちが詰め所へ入り、襖が閉まるまで権蔵はずっと平伏したままでいなければならない。

「もうよいぞ」

権蔵の後ろから伊賀者が告げた。

「どうもありがとうございまする」

伊賀者へ頭を下げて、権蔵は立ちあがった。

二

権蔵を七つ口まで送った伊賀者は、そのまま番所へと向かった。伊賀者番所は七つ口から見て左手、御広敷御門の壁際にあった。

「悪い、代わってくれ」

なかにいた同僚へ伊賀者が頼んだ。

「おう」

事情も訊かず、頼まれた伊賀者が七つ口へと走った。

「組頭は御広敷か」

「ああ」

残っていた同僚に確認を取って、伊賀者は番所を出た。

「組頭」

「高屋《たかや》か。入れ」

藤川が許可した。

「さきほどの……」

金をもらったにもかかわらず、高屋はすべてを話した。

「なるほどの。相変わらず、姑息《こそく》だの」

あきれた顔を藤川がした。

「どうする」

「そうよな。……少し利用させてもらおう」

藤川が一瞬の思案をしたのち、にやりと笑った。

「竹姫を害すれば、大奥へ恩を売れるぞ」

「大奥のなかでか。将軍相手に喧嘩《けんか》を売ることになる」

高屋の案を藤川は否定した。

「ついでに将軍も……」

「それは最後の手段だ」

言いかけた高屋を藤川が制した。

「やる気はあるのだな」

「将軍は代わっても、御広敷伊賀者は残らねばならぬ」

藤川は否定しなかった。

「ただし、必勝が期せるか、滅びを目の前にしての博打《ばくち》でなければせぬ」

「わかった。覚悟があるならばいい」

高屋が引いた。

御広敷伊賀者の組頭は世襲《せしゆう》ではなかった。同心のなかから経験を積んだ者が選ばれてその職に就く。忍としての実力より、どれだけ長く任にあるかで決められるため、組頭への尊敬は薄かった。

「後を任せる」

藤川は高屋に頼んで、御広敷から出た。

「気風を変えねばならぬ」

江戸城を出た藤川が苦い顔をした。

「組頭が絶対でなければ、伊賀は一枚岩に戻れぬ」

歩きながら藤川は、先ほどの高屋の態度への不満を口にした。

「これも幕府の手か。長善寺《ちようぜんじ》の乱がここまで響くとは」

藤川が嘆息した。

長善寺の乱は、伊賀組頭の二代目服部半蔵《はっとりはんぞう》への不満から起こったものだ。神君家康最大の危難といわれる本能寺《ほんのうじ》の変にともなった伊賀越えで、服部半蔵の説得に応じた伊賀忍者は家康の警固をおこない、伊勢へと無事送り届けた。その功績で伊賀忍者は同心として、徳川家に抱えられ、その頭に初代服部半蔵が就いた。初代はよかった。問題は二代目であった。初代の死を受けて、旗本八千石服部家の家督と伊賀者組頭を受け継いだ二代目が暗愚《あんぐ》すぎた。二代目は伊賀忍者を私用に使うなど家臣扱いした。だけでなく、美貌で聞こえた伊賀者同心の妻を無理矢理手籠めにしたり、逆らった者を手討ちにするなど傲慢《ごうまん》を尽くした。これに怒った伊賀者たちが、幕府に待遇の改善を訴えて、四谷の長善寺に籠城《ろうじよう》した。伊賀者はその特性を生かし、鎮圧に出動した旗本を翻弄した。だが、幕府を相手に戦い抜けるわけもなく、やがて乱は制され、伊賀組は四つに分割された。乱の責任を負わされて服部家は改易《かいえき》となり、伊賀組の頭は幕府が任じるという形になった。

「代々の家柄が埋もれた」

もともと伊賀の忍は、三家と尊敬される服部、百地《ももち》、藤林《ふじばやし》のどこかに属していた。三家は伊賀の守護であった仁木《にき》家に仕える郷士《ごうし》であり、配下に忍を抱えていた。

伊賀はその土地の特性から山が多く、耕作に適した土地が少ない。穫《と》れるだけの米では、すべての民を養うことができなかったため、体術《たいじゅつ》に優れた者を忍として出稼ぎに出すことで金を稼ぎ生きてきた。その取りまとめ役が三家であった。この三家の下に小頭《こがしら》とされる中忍《ちゅうにん》がおり、他国へ出かける下忍《げにん》たちを統轄していた。

「服部は絶え、百地と藤林は伊賀に残った」

早くから徳川についた服部家の後塵《こうじん》を拝するのをよしとしなかったのか、百地と藤林は江戸へ出なかった。

「となれば中忍こそ、幕府伊賀組の代表となって当然であろう」

藤川は服部に属していた中忍の家柄の出であった。

「家柄を重視するのが、幕府ではないか」

不満を藤川は抱《いだ》いていた。

かつて中忍は上忍《じょうにん》三家に仕える郷士であり、実質下忍たちを統轄していた。身分も実入りも下忍たちとは大きな差があった。それが今はなく、おしなべて同格とされていた。

おかげでかつての下忍が組頭となり、中忍の家柄が平《ひら》の同心となる。これがまかり通っていた。中忍の出である藤川が組頭に就いたのが、珍しいというありさまであった。

「儂が伊賀組を統轄するのが当然なのだ」

藤川が呟いた。

「このまま御広敷用人、いや、上様を敵にまわしたままでは先がない」

吉宗はあからさまに御広敷伊賀組を排除してきた。たしかに、吉宗が将軍となる前の伊賀者は、老中の命で動き、将軍をないがしろにしてきた。

「将軍親政など、ろくなことではない。五代将軍綱吉さまの例を見ればわかる」

分家から本家を継いだ綱吉は、大老酒井雅楽頭忠清《うたのかみただきよ》に奪われていた幕府の実権を取り戻し、自らが政をおこなった。その結果が生類《しょうるい》憐《あわ》れみの令であり、放漫な施策による幕府財政の崩壊であった。

「我らが老中にしたがったのも当然である」

譜代名門で五万石ていど、要所を領地に持たない家柄から選ばれる老中も世襲制のようなものであったが、それでも馬鹿ではなれなかったし、一人ではなく五人ほどの合議《ごうぎ》なだけでもましであった。

「それを今さら、探索方を取りあげるなど」

探索方は金になった。探索をかける相手は幕府にとって味方ではない。調べられてはまずいことがある大名である。その領土へ忍び、秘事を持ち帰る。探索は困難を極める。日時もいつまでかかるか、どれほどの道具がいるか。費用が足らなくなったので帰って来ましたでは困る。当然、金は多めに渡される。また、なににいくら遣ったかなど、敵地で一々記録に残すなどあるはずもない。さすがに遣い放題とはいかないが、金の融通はかなりきいた。返金の義務もなかった。そう、伊賀組は余った金を懐にいれていたのである。

「おかげで喰いかねたではないか」

伊賀者同心の禄は幕臣でも最下級である。三十俵二人扶持《ぶち》としても、これは金になおせばおよそ十二両にしかならない。一カ月一両あれば、庶民ならば一家四人、余裕で生活できるが、御家人とはいえ幕臣では厳しい。組屋敷が与えられるので、庶民の長屋店賃などは不要だが、かわりに武術や学問の修行にかかる費用が要り、さらに裃などの衣服、刀などの武具の手入れに金がかかった。さらに伊賀者は、忍の修行をしなければならない。禄では足りない部分を伊賀者は探索で浮いた金で賄《まかな》っていた。

「そろそろ決めねばならぬな。誰につくか」

藤川は歩みを落とさず思案し続けた。

「天英院さま、月光院さま、館林公。今の状況はこの三人だが……誰が一番高く伊賀組を買ってくれるか。己の出世だけではいかぬ。組全体を底上げせねば、恨みを買う。もっとも有利なのは、手を組んでいる天英院さまと館林公だな。一度探るか」

人は他人の出世を喜ぶよりも、嫉妬《しっと》するものであった。藤川は二代目服部半蔵の愚をおかす気はなかった。

「……行きすぎるところであった」

本郷竹町に入ったところで、藤川は一軒の町屋の前で止まった。

「勝手に入ってくるなと言ったはずだが」

袖が不意に現れた藤川へ、露骨に顔をゆがめて見せた。

町屋は伊賀の郷の女忍の拠点であった。

「ここは女ばかりだということを気遣え」

男の目のないところとなれば、女も油断する。裾《すそ》が乱れていても気にしないし、身体の手入れのために裸になることもある。

「忍に男も女もあるか。任であれば、親の仇にでも身体を開く、それどころか仇の子を産むことさえ厭《いと》わぬ。それが女だと言えるか」

藤川が抗議を一蹴《いっしゅう》した。

「何用だ」

文句をあきらめた袖が問うた。

「大奥へ残った女忍を下がらせるいい口実ができた」

「なにを言っている。あれだけ苦労して入ったのだぞ」

袖が拒んだ。

「もう大奥にいても、御広敷用人を襲えまい」

「なにを言うか。水城は竹姫さま付きの用人であろう。ならば孝《こう》が近づく機会は必ずある」

「油断してくれぬぞ。一度失敗したのだからな」

「……うっ」

言い返されて袖が詰まった。

「死んだ女とのかかわりを否定するのに、どれだけ我らが苦労したと思っている。なんとか、残った女への疑念は逃れたが、水城が我らの仕事を信用するはずもない」

「それはそちらの失策であろう」

袖が反撃に出た。

「ああ。それはそうだ」

「…………」

あっさりと認めた藤川に、袖が鼻白んだ。

「今、大奥では竹姫さまを排斥《はいせき》しようという動きが如実《にょじつ》である。竹姫さまの局の求めは、表使によって阻害されている」

「それでか。最近、孝からの手紙がないといぶかしんでいた」

藤川の言葉に、袖が納得した。

「おろかなことだが、大奥では当たり前にある。かつては将軍の寵愛を争った側室同士で、命のやりとりまであったところだ」

「殺し合ったのか、側室が」

「馬鹿を言え。そのようなまねをしてみろ。勝っても大奥には残れまいが」

袖の発言に藤川があきれた。

「毒を盛るのだ。それもその場で死なぬていどの弱い毒をな」

「石見銀山《いわみぎんざん》か」

すぐに袖が思いあたった。

「そうだ。身体の調子を崩させれば、当然閨の御用に応じられなくなる。男というのは、抱けない女に興味を失うからな。そうやって寵愛を奪い取った女が幅《はば》を利《き》かせるところなのだ、大奥は」

「我らにはかかわりのない話だ」

「これはな。さすがに今回は毒を盛るところまではいかないようだが、それでも陰《いん》湿《しつ》な嫌がらせは当分続くだろう。そして嫌がらせは竹姫さまだけでなく、その局に属する女中にも向けられる」

「伊賀の女忍が、大奥女中ていどの嫌がらせにまいるとでも」

鼻先で袖が笑った。

「愚かだな。失敗するのも当然だ」

藤川がため息をついた。

「無礼だぞ。いかに御広敷の組頭とはいえ、我らにはかかわりない。我らは同格ぞ」

袖が怒った。

「馬鹿を馬鹿と言ってどこが悪い。よいか、女忍とばれたら終わりなのだぞ。そして普通の女は、嫌がらせをされれば泣くなり、落ちこむなりするものだ」

「…………」

しまったと袖が顔をゆがめた。

「もう大奥で水城を襲えぬのだ。ならば、置いておく意味はないどころか、一人の戦力を遊ばせることになる」

「……言われればそうだな」

不承不承といった体で袖が認めた。

「だが、知ってのとおり、大奥奉公は簡単に辞められぬ」

大奥女中は終生奉公《しゅうせいぼうこう》が決まりであった。もっともこれは目見え以上の女中だけのものであり、お目見え以下の者には適用されないが、いかに最下級のお末でもそれなりの理由がなければ、辞められなかった。

「その理由が嫌がらせか」

「ああ」

袖へ藤川がうなずいて見せた。

「耐えられませぬと言えば、止められまい」

「ふむ」

しばらく考えた袖が首を振った。

「孝と相談せねばならぬ。今すぐに返答は難しい」

「手紙を書け、届けてやる」

「よいのか。もう、かかわるなと言ったはずだが」

袖が驚いた。

「あやつが大奥にいる限り、また馬鹿をせぬかと安心できぬ。次は伊賀を潰すと上様が言われたらしい。それは困るでな。もし、孝がなにかしでかすならば、こちらで手をうつ」

殺すと藤川が告げた。

「少し待ってくれ」

急いで袖が手紙を書いた。

伊賀には代々伝わる忍文字があった。いろはを別の字に置き換えたものだけでなく、この世にない文字を作り出したものもある。

「少しはわかっているようだ」

手紙を横から覗いた藤川が満足そうに言った。袖の手紙はごく普通に安否《あんぴ》を尋ねるものであり、誰が読んでも問題のないものであった。その上で、あらかじめ決めておいた順番で文字を拾い出せば、意味がわかるように仕組まれていた。

「当たり前だ。手紙というのは、証拠になる。確実に破棄できるとはかぎらぬし、どこで相手に渡るやも知れぬ。そのとき、伊賀文字などで書いてあれば、不審がられよう」

袖が当たり前のことだと返した。

「これを頼む」

「承知した」

藤川が手紙を預かった。

「これが最後だ。もう、ここへ来ることもない」

「けっこうだ。次に無断で入ってきたときは、敵として対処する」

決別を告げた藤川へ、袖が応じた。

「……………」

無言で藤川が消えた。

三

大奥は閉鎖された場所である。出入りは、御広敷の管轄する七つ口に限られ、大奥女中以外は、あらかじめ許可を取っておかなければ、足を踏みいれられなかった。

「館林家奥勤めどの」

七つ口を警衛する御広敷番が大声をあげた。

「承って候」

大奥側から返答がした。

「こちらへ」

客を案内するのは、お使番の仕事である。

「ようこそ、お出《い》でくださいました」

客間で館林家の女中を出迎えたのはお客あしらい役の女中であった。

「館林家奥に仕えまする峰尾《みねお》と申しまする」

「お客あしらいの巽《たつみ》にございまする」

二人はまず名乗りあった。

どのような形を出自にしようとも、天下を取った家系は典雅《てんが》に流れていく。かつて戦場で、主君と家臣が同じ飯を喰い、眠ったことなどなかったかのように区別がつけられる。これはうるさいほどのしきたりを作ることで、出自の怪しい者の子孫を権威づけるためであった。

とくに、政など緊急を要する事柄のない大奥は、儀式儀礼が顕著であった。

「館林さまにはお変わりなく」

「はい。ご威光をもちまして、つつがなく過ごさせていただいておりまする。天英院さまにおかれましては、ご機嫌はいかがでありましょうや」

「おうるわしくあられるとうかがっておりまする」

「それはなによりと存じあげまする」

用件に入るまで延々と決まりきったやりとりが繰り返される。

「お茶を」

茶の湯が饗《きょう》され、さらに茶道での決まりである互いの作法への褒め言葉の応酬《おうしゅう》が続いた。

「天英院さまにお目通りを願いたく」

「ごつごうを伺って参りましょう」

用件に入るまで、ゆうに半刻はかかった。

「御殿《ごてん》まで来られるようにとのご諚《じょう》でございまする」

しばらくして戻ってきたお客あしらいが告げた。

「参上つかまつりまする」

峰尾が立ちあがった。

大奥で住居を御殿と称せるのは御台所だけである。そのほかの上臈や側室の住居は局《つぼね》と呼ばれる。吉宗が独り身の今、御殿を持つのは天英院だけの特権であった。

「お目通りが叶いましたこと、心より御礼申しあげまする」

「よくぞ参ったな。館林どのは息災《そくさい》か」

ここでも無駄な挨拶が繰り返された。

「館林の者と会うのは久しぶりじゃ。ゆっくりと話をしたい。姉小路、そなただけ残り、他の者は遠慮せい」

小半刻ほどして天英院が他人払いをさせた。

「そなたの顔に見覚えがある。かつて甲府の奥におらなんだか」

天英院が問うた。

「ご記憶いただき、おそれおおいことでございまする。まだ、前髪を下ろしたばかりのころ、お方さまの御用を承らせていただいたことがございました」

誇らしげに峰尾が述べた。

「そうか。懐かしいの。そうであれば、吾が臣と同様に思うぞ」

「ありがたきお言葉でございまする」

峰尾が一礼した。

「こたびは、帯刀の使いじゃな」

「はい」

天英院の問いに峰尾が首肯した。

「帯刀より、言伝《ことづて》を預かっております る」

「話せ」

許しがなければ、身分が高い相手に声をかけることはできなかった。

「殿がご決断なさいました」

「それは真か」

聞いた天英院が喜んだ。

「ようやくか。やっと清武どのもその気になったか。重畳《ちょうじょう》である」

「おめでとうございまする」

姉小路が祝いを述べた。

「つきましては、帯刀から、天英院さまにお願いがございまする」

「妾に願いとはなんじゃ」

天英院が首をかしげた。

「館林さまの傷をお祓《はら》いいただきたく」

「……館林どのの傷とな」

頼まれた天英院が怪訝な顔をした。

「越智家の養子になられておられたことではございませぬか」

横から姉小路が口を挟んだ。

徳川家には他姓を継いだ者を後継者にしないという神君家康直々の慣例があった。

「なるほどの。それを妾にどうにかしてくれと。やりようはあるか、姉小路」

腹心へ天英院が訊いた。

「神君家康公以来の決まりでございますれば、幕府にはないかと」

家康は幕府にとって神である。誰も家康の決まりを変えることはできなかった。

姉小路が難しいと首を振った。

「幕府になければ……朝廷か」

天英院が峰尾を見た。

「お願いをいたしまする」

答えず一礼した峰尾が、懐から書付を出した。

「これは些少《さしょう》ながらお納めを」

峰尾が姉小路へ書付を渡した。

「なんじゃ……」

受け取った姉小路が息を呑んだ。

「どうかいたしたのか」

天英院が腹心の様子をいぶかしんだ。

「尾張屋《おわりや》の切手《きって》でございまする。それも金額が記されておりませぬ」

姉小路が手にした書付を、天英院に差し出した。

「金額の書かれていない切手……それも日本橋《にほんばし》の呉服屋尾張屋のものだと」

受け取った天英院も驚きの声を出した。

日本橋の尾張屋は老舗《しにせ》であった。江戸城、大奥、御三家などの出入りをつとめるほどの大店《おおだな》であり、商品も質のよいものしか置いていない。当然だが、値段はかなり高く、庶民は生涯尾張屋の暖簾《のれん》をくぐることなどないほどの格式ある呉服屋であった。

尾張屋の呉服で身を飾れば勝てる。季節ごとに新しい小袖《こそで》を見せつけあう大奥女中たちにとって、尾張屋で衣服を注文するのはあこがれであった。

「いくらでもお好きなだけお買い求めくださいませ」

微笑みながら峰尾が言った。

「いくらでもとは、百両でもか」

ちょっと手のこんだ小袖をあつらえれば、何十両とかかる。姉小路が問うた。

「千両でもけっこうでございまする」

「な、なんと……」

さすがの天英院も目をむいた。

「ご遠慮なくお遣いくださいませと、帯刀が申しておりました」

「そうか。気遣い感謝すると、帯刀にな」

天英院が頬を緩めた。

「望みのこと、父に願っておいてやる。越智家を家臣筋でなくせばよいのだな」

切手から目を離さず、天英院が告げた。

「お手数をおかけいたしまする」

峰尾が礼を述べた。

「…………」

「他に何か、ご希望などございましたら、うかがって帰り、帯刀に伝えまする」

さらなる申し出に天英院が思案した。

「では、甘えさせてもらおう」

「なんなりと」

軽く頭を垂れて、峰尾が話を聞く姿勢をとった。

「竹姫を大奥から追い出してくれ」

「……それは」

峰尾が絶句した。

「吉宗から叱られたことで、御台所にはなれまいと思われているが、そのようなものどうなるかわからぬ。なにより、御台所ではなく側室とするならば、今回の慎みなどなんの支障にもならないのだ。あれだけ吉宗が入れこんでいるのだ。もし竹姫が男の子を産めば、つぎの将軍生母となるのは確実。将軍生母など、本来御台所より格下であるが、その力は侮れぬ」

七代将軍家継の生母月光院は、一時大奥を取り仕切っていた。そのときのことを天英院は苦い思い出にしていた。

「お受けできるかどうか、わたくしでは判断がつきませぬ。戻りまして帯刀に話をいたしますゆえ、この場で返答するのをご猶予《ゆうよ》願いまする」

使者を任されるだけのことはある。峰尾は答えを保留した。

「もっともな申しようである」

天英院が認めた。

「では、これにて」

峰尾が去っていった。

「お方さま」

黙って見ていた姉小路が、声を出した。

「なんだ」

「竹姫に手出しをするのは、上様の怒りを買うことになりまする」

やめたほうがいいと姉小路が進言した。

「男は惚れた女を守ってやりたいと思うもの。また、守ってやっていると見せつけて、尊敬を受けたいと考えるもの。それだけに、守りたい女に危害を加える者に対しては、厳しくなりまする」

「それくらい、言われずとも知っておるわ」

鼻先で天英院が笑った。

「吉宗は、大奥の権威を傷つけた。これは、春日局以来、大奥の主であった御台所が代を重ねながら守り続けてきたたいせつな伝統である。その最後の継承者である妾にとって、大奥は命に等しい」

六代将軍家宣の子を産みながらも、育つことなく失ってしまい、将軍生母という地位を側室に奪われた天英院にとって大奥はまさに人生そのものであった。

「吾が誇りである大奥に手出しをしたのは、吉宗である。人のものに手を出せば、やり返されてもしかたはない。それくらいのこと、吉宗もわかっているはずだ。いや、なにもせず、将軍の命であると大人しくしているようでは、かえってよろしくない。これ以上吉宗が思いあがらぬよう、しつけてやるのも大奥の主たる妾の仕事であろう。いや、愚かな男を教え諭すのは女でなければできぬ」

「…………」

姉小路が沈黙した。

「人は己の力が及ばぬと知って、成長していくのだ。大奥で寵愛の女が傷つく、いや死ぬ。手出しをしてはいけなかったところへ土足で踏みこんだと思い知らせてやらねばならぬ。守ることができなかった。力及ばなかった。己にはなんの力もないと知るべきなのだ、吉宗は」

「お方さま」

暗い喜びに浸《ひた》る天英院に、姉小路が息を呑んだ。

「さて、どのような小袖を作るかの。そうじゃ、そろそろ秋の装いを考えねばならぬな。名月を愛《め》でる会を催そう。それに合う小袖を作らせねばならぬ」

すでに天英院の気持ちは、移っていた。

「そうよな。千両あれば、御殿の皆、末のぶんまであつらえられる。ならば、秋の虫揃いなどよいではないか。妾がすすきに鈴虫《すずむし》、そなたが萩《はぎ》にこおろぎ、他の中臈やお次たちにもそれぞれ秋の草木と虫を与え、そして末どもは稲穂《いなほ》とあきあかねを着させるか。これだけのこと、月光院には決してできぬ。ふふふ、我らの姿を見て、悔しがる月光院の顔が目に浮かぶわ」

天英院が楽しげに笑った。

「…………」

姉小路が言葉を失った。

峰尾から報告を受けた山城帯刀は難しい顔をした。

「竹姫をか」

「はい。そうお望みでございまする」

峰尾がうなずいた。

「大奥のなかの女を害するのは、困難であるぞ」

「代参《だいさん》にも出られませぬし」

五代将軍綱吉の養女という身分は、大奥からの外出を止めるのに十分な重みを持っていた。

「外で狙えぬとなれば、奥へ人を入れるしかないが……」

「五菜では、竹姫さまの姿を見ることさえ、叶いませぬ」

帯刀の案に峰尾が制限をつけた。

「太郎は使えぬか」

「はい」

峰尾が首肯した。

大奥の下働きである五菜は、重い荷物を持ったり、小さな修繕などで局まで入ることもあった。ただし、五菜がなかにいる間、中臈以上の身分のものは奥の間に籠もり、顔を出さないのが決まりであった。

「なにより太郎どのは、ようやく大奥へ入れた手。このていどのことで使い潰すのはいかがかと」

「では、あらたに女中を大奥へ行かせるというか。大奥女中の多くが放逐されている今、新たな召し抱えは、まず無理ぞ」

帯刀が額にしわを寄せた。

吉宗は八代将軍になるなり、大奥改革に大鉈を振るい、数百人の女中を大奥から実家へと戻していた。

「今、なかにいる者をお使いになられればいかがでございましょう」

「なかにいる者だと」

「はい。数を減らしたとはいえ、大奥にはまだ五百近い女がおりまする。それぞれの顔が違うように、性格も生活態度も千差ございまする」

怪訝な顔をする帯刀へ、峰尾が語った。

「なかには借財に苦労しているものもおりまする」

「金で飼う」

「…………」

無言で峰尾がうなずいた。

「金で転ぶようなつごうのよい女を探し出せるというか」

「大奥の女中の半数近くは、かつて甲府から天英院さま、月光院さまについていった者。面識《めんしき》のあるものも多ございますれば」

「任せるぞ」

「……その代わりに」

「わかっておる。殿が九代さまとなって江戸城へ移られたとき、新たな大奥総取締りが誕生することになろう」

帯刀が約束した。

大奥総取締り役という役名を正式に与えられたのは、春日局だけである。ほかに五代将軍綱吉から直接任じられた右衛門佐《えもんのすけ》が、総取締り役として大奥一切のことを取り仕切っていたくらいで、他にはいなかった。その権は御台所よりも強く、将軍といえども遠慮しなければならないほどであった。

「きっとお願いいたしまする」

峰尾が念を押した。

四

御広敷番頭《ばんがしら》から竹姫の手紙を見せられて、聡四郎は怪訝な顔をした。

「たしかに、毎日御広敷へ出務しておるが……手紙は直接届けるものであろう」

聡四郎は御広敷番頭へ訊いた。

たしかに聡四郎は紅の夫であり、同居している。妻宛の手紙を持って帰るくらいどうということはないが、御広敷にいる間は公務である。その公務の最中に、私信を預かるのはどうかと聡四郎は言った。

「さようではございまするが……」

なんとも言えない顔を御広敷番頭がした。

「なにかあったのか」

「大奥ではままあることでございまするが、お咎めを受けた者への嫌がらせでございまする」

聡四郎より歳上の御広敷番頭は、大奥に精通していた。

「竹姫さまにか」

聞いた聡四郎は目をむいた。

「上様のお怒りを受けるぞ」

「誰がやったか、わからぬようにしておるようで。表使、お次、右筆など多くが絡み合っておりまする」

御広敷番頭が答えた。

「今までと上様は違うぞ。手を下した者がわからなければ、大奥全部に責任を取らせかねない」

聡四郎は顔色を変えた。

「竹姫さまは、賢いお方だ。うかつに上様へ窮状を訴えたりはなさるまいが……できるだけ早く対応せねばならぬ」

「はい」

「しかし、よくわかったな」

大奥のなかに御広敷番頭は入れない。聡四郎は問うた。

「わたくしたちは、大奥へ出入りする人とものを見張っておりまする。そして人は生きていくためにいろいろなものを使いまする。米であったり、魚であったり。大奥で何か異変があれば、最初にものの出入りに現れまする」

「たしかにな」

御広敷番頭の説明に聡四郎は納得した。

「かたじけない」

礼を述べて御広敷番頭を帰した聡四郎は、竹姫からの手紙を大切に懐へとしまった。

屋敷へ帰った聡四郎は、出迎えた紅へ手紙を渡した。

「竹姫さまからのご返事」

紅が喜んだ。

「読ませていただいていい」

聡四郎の着替えを手伝った後、紅が訊いた。

「そなた宛ぞ。遠慮なく拝見するがいい」

座りながら聡四郎は勧めた。

「……いつでも話をしに来て欲しいとあるけど」

「行ってくれるか」

「わたしはいいけど。もう大事ないの」

一度断られている。紅が不安そうな顔をした。

大奥への来客はまずなかった。せいぜい、御台所の実家、あるいは御三家から御台所へ出されたご機嫌伺いくらいである。それも節季など、行事がなければまず来ないのだ。とくに今は御台所がいない。先々代の御台所と先代の生母しかいないのだ。上臈までいれても、来客は年に二十人もあればいいほうであった。

しかも問題のあった竹姫のもとへ短期間に二度も訪れて、波風が立たないのかと紅が気遣った。

「もう波も立っているし、風も吹いている」

「なにがあったの」

嘆息する聡四郎へ、紅が詰め寄った。

「……どうやら」

一瞬妻から立ちのぼる香りに心囚《とら》われかけた聡四郎だったが、竹姫の現状を説明できた。

「そんなことをするなど」

聞いた紅が顔を真っ赤にして怒った。

「なんとかできないの」

「男は大奥へ入れぬ。また、外からそのようなまねをするなと注意したところで、覚えがないと言われればそれまでだ」

御広敷を管轄する御広敷用人とはいえ、その格は大奥での表使と同じでしかなかった。年寄や上臈あたりが出てくれば、それ以上の追及はできなくなった。

「情けない」

紅が聡四郎を責めた。

「自覚している。しかし、権をこえての介入はあとあとの禍根《かこん》を残す」

勘定吟味役を経験した聡四郎は、やりすぎることの弊害《へいがい》をいくつも見てきた。よかれと思ってしたことが、後日大きな弊害を生み出すなどいくつもある。

「上様はなにをなさっておられるの」

まなじりをつりあげたまま、紅が訊いた。江戸中の人足を差配していた相模屋伝兵衛の一人娘である。大店の世間知らずな娘とは違っている。人足に混じって現場で働いていたのだ。お俠《きゃん》を極めている。惚れた女の危機に、男が出ないでどうすると紅が咎めていた。

「お報せしておらぬ。する気もない」

「なんで」

「被害が大きすぎる」

聡四郎は首を振った。

「上様ならば、竹姫さまを救い出した後、大奥を潰される」

「竹姫さまのような幼いお方に嫌がらせをするような大奥など潰してしまえばいい」

紅の怒りはおさまっていなかった。

「大奥が潰れれば、数百の女中は行き場を失う。上様の怒りを買ったのだぞ。実家も引き受けまいし、嫁入り先などまずない。禄も何もかも奪われた女たちが生きていくにはどうするか。わかるだろう」

「…………」

町屋の出である。紅は食べていくために女が落ちていく先を知っていた。

「それは上様の悪評となる」

大奥から放逐された女が、春をひさぐ。たちまち町の噂になるのはまちがいない。世間は若い女の窮状に同情するものだ。それが因果応報《いんがおうほう》だとしてもかかわりなかった。非難は大奥を潰した吉宗に集まる。天下人として政を進めていくうえで、悪評は足を引っ張る。吉宗の出す施策を庶民が受け入れなくなるのだ。いや、表向きは従い、裏で嘲笑《あざわら》う。こうなれば、政は実効を失い、吉宗の目的は潰《つい》える。

「表沙汰になる前に終わらさねばならぬ」

「見逃すつもり」

「いいや。やった者にはしっかり責任を取ってもらう。何人かの名前も知れたしな」

御広敷番頭との話のなかにいくつかの役職名が出ていた。ここ数日、誰が当番をしていたかを調べるのは容易《たやす》かった。

「竹姫さまのこと、頼めるか」

「当たり前よ」

娘時代に戻った口調で紅が首肯した。

「竹姫さまをお慰めして欲しい。そして、ご入り用なものがあれば聞いてきてくれ。こちらで手配をする」

聡四郎は述べた。


竹姫の手紙を受け取って三日目、紅は大奥へと入った。

今回は、正式に吉宗の養女として、来訪を告げてある。七つ口の隣、大奥玄関までお客あしらいが出迎えていた。

「ようこそお見え下さいました。わたくしお客あしらい役の野笛《のぶえ》と申しまする」

「大儀《たいぎ》である」

背筋を伸ばした紅が凜とした雰囲気で応じた。

紅は聡四郎と婚姻する前、紀州家の屋敷において吉宗の娘にふさわしいだけの行儀を教えこまれていた。

「どうぞ、こちらへ」

お客あしらいが先に立った。

「どこへ参る」

「対面所までお運び願いまする」

紅の問いに、お客あしらいが答えた。

対面所とは、御台所あるいは将軍生母、上臈などが、目通りを願う者と会う場所である。

「どなたかと会うとは聞いておらぬ」

歩きかけた紅が止まった。

「上臈姉小路さまが、お話をと」

一応将軍養女である紅が姉小路よりも格上になる。

「こちらに用はない」

「な、なにを」

断られると思ってもいなかった野笛が驚愕した。

上臈は表の老中に匹敵する。老中には御三家でさえ遠慮するように、将軍の一門とはいえ上臈への気遣いはあってしかるべしであった。まして紅は養女でしかないうえ、出が庶民なのだ。お客あしらいが絶句したのも当然であった。

「じ、上臈さまでございますぞ」

大奥女中から見れば、上臈は雲の上の人である。お客あしらいの声が震えるのも当然であった。

「会いたいというならば、会うのはやぶさかではないが、今日は竹姫さまのもとへご機嫌伺いに参っただけ、上臈どのと話をする用意はしておらぬ」

「用意はこちらでいたしまするゆえ」

お客あしらいが告げた。

「場所の問題ではない。心構えである」

厳しく紅が断った。

「さあ、竹姫さまのもとへ案内をいたさぬか」

「…………」

促されてもお客あしらいは無言で動こうとはしなかった。

「そうか。ならばよい。竹姫さまの局へは一度参上したことがある。案内は要らぬ」

紅が歩き始めた。

「お待ちくださいませ」

お客あしらいが制止した。

「ここは大奥。いかに上様のご養女でも、勝手な振る舞いは許されませぬ」

「そちらの勝手はかまわぬと」

鼻先で紅が笑った。

「その勝手、通せるものなら通して見せなさい」

「ぶ、無礼な。卑《いや》しき出でありながら……」

睨みつけながら野笛が怒った。

お客あしらいの地位は高い。目見え以上はもちろん、上臈、年寄に次ぐ地位である。御三家のご簾中《れんじゅう》や姫を接待する役目だけに、教養と相応の出自が求められ、表使や御錠口番、中臈を経て就任する。歳経た者がなることから、大奥の上がり役とも言われ、矜持《きょうじ》は高かった。

「出がどうかしたのかえ。生まれてこのかた、他人さまに嫌がらせをするような卑しいまねはしたことはないよ」

伝法な地で紅が言い返した。

「…………」

不意に変わった紅に、野笛が絶句した。

「あと一つ。出は変えられないから、卑しいとさげすまれても気にしないけど、今は上様の娘で、御広敷用人の妻。少なくともあんたより上。身分の上下で文句を付けるなら、その喧嘩遠慮なく買ってあげる」

職人、人足を父相模屋伝兵衛に代わって差配したこともある紅なのだ。喧嘩の仕方も十分に心得ている。紅が挑発した。

「こ、こいつ」

憤怒《ふんぬ》で野笛が震えた。

「大奥相手に勝てるとでも」

「少なくとも、あんたには勝てるわ」

さらに紅が挑発した。

「だ、誰か。こ、この無礼者を捕らえよ」

野笛が大声を出した。

「お静かになされ」

制止の声が玄関に響いた。

「なにをなさっておられる」

「表使か。火の番をこれへ」

野笛が命じた。

「火の番をなぜでございまするか」

「この女があまりに無礼なことを申した。捕まえて折檻《せっかん》いたさねば、我慢ならぬ」

問われて野笛が告げた。

「できませぬ」

表使が野笛へ首を振った。

「上様のご養女さまに対し、そのような態度を取るとは、どちらが無礼かおわかりか」

「たかが養女ではないか。庶民の女ぞ」

野笛が言いつのった。

「ご養女とはいえ、上様の姫さまでございまする。ご身分からいけば、上臈さまより格上でございますぞ」

「しかし、この女は姉小路さまの面会要請を断ったのだぞ」

完全に野笛の頭に血がのぼっていた。

「誰《たれ》ぞ、お局までお送りいたせ。少しお疲れのようじゃ」

「はい。どうぞ」

御広敷女中たちが、野笛を促した。

「妾ではない……」

「いい加減になされませ。上様のお耳に入ればどうなりまするか。後ほど年寄さまよりご沙汰をいただくことになりましょう。局でお慎みを。お連れせい」

格ではお客あしらいが上になるとはいえ、隠居寸前の身でしかない。大奥を切りまわしている表使には勝てなかった。

「はい」

数人の御広敷女中に両手を押さえられた野笛が悄然《しょうぜん》と去っていった。

「失礼をいたしましてございまする」

その背を見送ることなく、表使が詫びた。

「あなたに謝ってもらってもしかたないわ」

紅は一蹴した。

「客を怒らせるのが客あしらいとは、大奥もおもしろいところだねえ」

「……あの者にはあとで厳しく処罰を与えまする」

嫌みに表使が鼻白んだ。

「どうするかは、そちらさまにお任せするわ。今日のことは義父上《ちちうえ》さまにも黙っておくけど……次はないわよ」

「重々承知いたしておりまする」

表使が首肯した。

「さて、竹姫さまとのお約束に遅れては困るから」

「姉小路さまとは」

「竹姫さまとのお約束が先でしょう。割りこみはお断り」

堂々と紅は素《す》を出して断った。

「では、お帰りにでも」

「竹姫さまの御用が終わり、暗くなる前に帰れるならば」

条件を付けて紅は了承した。

「かたじけのうございまする」

表使が一礼した。

「おい、ご案内をいたせ」

後ろで控えていたお使番に、表使が命じた。

「どうぞ。こちらへ」

お使番が先に立った。

「上様御養女、水城紅さま、竹姫さまの局まで通られまする」

先触《さきぶ》れを受けながら、紅が大奥の廊下を進んだ。これも大奥の慣例であった。誰が廊下を進んでいるかを報せることで、出会ったときの対応をまちがえないようにさせるのである。

「水城紅さまをお連れいたしましてございまする」

竹姫の局前で、お使番が声を張りあげた。

「はい」

なかから応答がして、襖が開いた。

「お待ち申しておりました」

竹姫付きの中臈鹿野が手をついていた。紅の身分にあわせての対応であった。

「遅れてはおりませぬか」

よそ行きに戻った紅が、確認した。

「姫はお待ちかねでございまするが、刻限にはまだ間がありまする」

鹿野が微笑んだ。

「それはよろしゅうございました。ごくろうであった」

微笑み返して、紅はお使番へ仕事へ戻るようにと言った。

「奥までお通りをお願いいたしまする」

竹姫の居室までは、三つの襖を通過しなければならなかった。

「紅さま、お見えでございまする」

「はよう。お入りいただいて」

告げる鹿野に、はしゃぐような竹姫の声がした。

「お邪魔いたしまする。竹姫さまには、ご機嫌うるわしゅう」

「堅苦しいあいさつは抜きでと前に願ったはずじゃ」

竹姫がすねた。

「失礼をいたしました。お元気そうでなによりでございまする」

笑いながら紅は言い直した。

「紅も元気そうじゃの。前より美しくなっている気がする。夫《せ》の君と睦《むつ》まじいとそうなるのか」

「…………」

いきなりの質問に、紅は頬を染めた。

「前に頼んだであろう。男と女が閨でどのようなことをするのか教えてたもれと。妾もいずれは公方さまと共寝《ともね》をいたすのだ。知らずば恥であろう」

「恥ではないと思いまするが……」

「紅どのだけなのだ、知っておるのは。妾はどうすればよいのじゃ」

「ご懸念なく。ちゃんと上様がお導きくださいまする」

紅が逃げた。

「水城が導いたのか、紅どのとのときは」

「……」

返答に紅が詰まった。

かなり長時間紅は竹姫のもとにいた。しかし、限度があった。旗本の妻が大奥へ泊まり込むわけにもいかず、門限よりも早く紅は竹姫と別れた。

「また来てたもれ」

竹姫がねだった。

「かならず。それよりも、なにかご不足はございませぬので」

「不足は言い立てれば、いくらでもある。でも、生きていけぬほどではない。今、妾が足りぬと騒げば、公方さまが動かれよう。それはよくない。公方さまが一汁《じゅう》二菜《さい》、木綿《もめん》もので我慢なされているのだぞ。妾も辛抱せねば、贅沢を述べて公方さまに嫌われたくないからの」

「姫さま……」

　深く紅が感動した。

「ご遠慮なさらず、ご入り用ございましたら、いつでも水城にお申し付けくださいませ」

　もう一度言って、紅は竹姫の局を後にした。

　局を出たところで、お使番が待っていた。

「姉小路さまが、お呼びでございまする」

「案内をお願い」

　紅がお使番の後についた。

　姉小路は大奥対面所の上座に座っていた。

「上様の養女ではなく、御広敷用人の妻として扱うということね」

　それを見た紅は、すぐに意図をさとった。

「…………」

　一礼もせず、紅は下座に腰を下ろした。

「大奥上臈姉小路じゃ」

「名乗りは止めておきまする。名乗れば、身分の話になりますから」

紅が拒んだ。

「こやっ」

姉小路の側に控えていた女中が紅を睨んだ。

「抑えよ。一理ある」

すでにお客あしらいの一件は大奥に拡がっている。これ以上紅ともめるのは得策ではないと姉小路が女中を制した。

「御用は。帰って夕餉《ゆうげ》の仕度をしなければならないので、無駄話はなしにお願いいたしまする」

紅が催促した。

「出は争えぬな。まあいい。まず、先ほどのお客あしらいは、本日付で隠居となり、大奥から桜田《さくらだ》御用屋敷へと出された。仏門へ入ることになる」

「さようでございますか」

もう興味はないと紅は流した。

「さて、こちらの用はただ一つ、二度と大奥へ入ってくるな」

「お断りいたしまする。用件はすんだようなので、これにて」

あっさりと姉小路の要求を拒否して、紅が立ちあがった。

「無礼者」

「もう一度はないと言ったけど。今度は上様を呼び出すわ」

「下がれ」

腰をあげかけた女中に紅が言い放ち、姉小路が止めた。

「夫が役目を失うことになるぞ。今後、大奥は一切水城に協力せぬ」

姉小路が脅しをかけた。

「ありがたいこと。主人もわたくしも、お役目など辞めたい、辞めさせたいと思っているから」

紅が胸を張った。

「…………」

予想外の反応に、姉小路が言葉を失った。

「もういいわね」

紅が背を向けた。

「待て。ならば、竹姫を……」

「あんた馬鹿」

「な、なにを」

鼻先で笑われて、姉小路が絶句した。

「なにをやっているか、わかってる。あなたたちのしていることは、油樽を積みあげた蔵のなかで、火遊びをしているのと同じ。従来の権威を信じて、上様を抑えられると考えている段階で、馬鹿としか言いようはない。今はまだ火がついていないけど、一度燃えあがったら、すべては終わり。消すことさえできない。それに気づいていないようなら、話をする意味もない。では、これで」

今度こそ紅は後も見ずに対面所を出て行った。

「まさか……」

残された姉小路の顔色がなくなっていった。

「なんたる態度、すぐに水城を呼び……」

女中がわめいているのにも、姉小路は反応しなかった。

「上様は竹姫を真剣に御台所となさるおつもりか。そうなれば、天英院さまは大奥を出なければならなくなる」

さすがに二代前の御台所が残っているという前例はない。二代前でさえ異例なのだ。

「当然……妾も」

天英院が去るとなれば、その腹心である姉小路は供せねばならなかった。

「まだ隠居するわけにはいかぬ」

姉小路がきつい目をした。

「なんとしてでも、竹姫を排さなければならぬ」

暗い決意を姉小路が呟いた。

第五章　囮の決意

一

館林藩家老山城帯刀は、妾宅で酒を飲みながらぼやいていた。

「千両でもかまわぬと告げてよいとは申したが……実際に遣うとは思わなかったわ」

本日、日本橋の呉服問屋尾張屋から、天英院が注文した反物《たんもの》の代金明細が回ってきた。

「全部で八百七十両。数にして三十本だと。何人分作るおつもりか」

帯刀はあきれるしかなかった。しかし、高すぎるとは言えない。こちらからどうぞと勧めたのだ。帯刀は払うしかなかった。

「勘定方は納得すまい」

館林藩の家老といったところで、石高《こくだか》は三千石しかない。とても八百七十両を個人で支払えるほど金はなかった。となると、藩から出すしかないが、館林藩もわずか五万四千石と小藩である。また、何度かにわたった加増も飛び地ばかりで、領地がまとまっておらず、治世が難しいため、藩政は赤字続きである。さすがに八百七十両くらいならば払えるが、かなりの無理をしなければならなくなる。

「素性の知れないお金は払えませぬ」

勘定奉行が強硬に拒むのはまちがいなかった。

家老といえども、勘定については全権を与えられていない。勘定奉行の許可なく、金蔵から一両でも持ち出すことはできないのだ。

「殿にお願いするしかないな」

帯刀はそこに行き着くしかなかった。いかに勘定奉行とはいえ、家臣である。藩主の指示には抗《あらが》えない。

「あと尾張屋と交渉せねばならぬな。支払いの分割と、値引きをさせねばならぬ。殿がようやく将軍を目指す気になられたのだ。いろいろなところへ、手配りをしなければならなくなる。となると今後益々金がかかる」

吉宗が死ねば、九代将軍の座は松平清武にとはいかなかった。他にも資格を持つ者は多い。吉宗の血を引く長福丸、そして御三家の当主がいる。それらを押しのけなければならないのだ。そのためには、血統だけでなく後押しも要った。将軍選出に影響を及ぼすのは、越前松平家を筆頭とする徳川一門、老中、若年寄、そして旗本を代表する留守居である。これらの支持を得なければ、清武が九代将軍となるのは難しい。

「殿が将軍になられたとき、出世させるとか、加増を与えるなどの手形では動かぬ」

なにせ、清武が将軍になるという保証はないのだ。そんな空《から》手形に乗るような輩は、あてにできない。

「人を動かすには金が要る」

戦いがなくなって久しく、世は武力より金の力で動くようになっていた。幕初は決してあり得なかった身分の崩壊も始まっている。今やどこの大名も商人から金を借りている。金を借りれば、返さなければならなくなる。しかし、太平の世で武家が収入を増やすことは難しい。かえって利子で借財が増えるという悪循環に陥っている。金が返せないなら、代わりのものを出さなければならない。大名のなかには、娘を出入り商人の妻として与えるなどして、借金を免除してもらっているところさえあるのだ。

「金が足りぬ」

帯刀は嘆息した。

「旦那さま」

閨の用意にさがっていた妾が、廊下から顔を出した。

「なんだ」

「お目にかかりたいとお客さまが」

妾が告げた。

「こんな遅くにか」

すでに五つ（午後八時ごろ）を過ぎている。他家への訪問には非常識であった。

「誰だ」

「お目にかかったうえでと」

申しわけなさそうに妾が言った。

「身形《みなり》は」

「黒羽織に袴の、ごく普通のお武家さまと」

妾が語った。

「他人目をはばかる深夜に、儂を名指しでか」

「はい。山城帯刀さまはご在宅かと」

帯刀の問いに妾が答えた。

「わかった。そなたはもう閨へ行っておれ。他人《ひと》前に出る姿ではないぞ」

若い妾はすでに夜着一枚になっていた。普段着でもわかるほど、胸も尻も豊かなのが気に入って囲った女である。薄着一枚の今は、より扇情《せんじょう》的であった。

「……申しわけございませぬ」

顔を紅《あか》くして、妾が下がった。

「どれ」

刀を手にして、帯刀は表戸へと向かった。

「どなたか」

格子戸の外に立つ人影へ、帯刀は訊いた。

「館林家家老山城帯刀どのだな。お初にお目にかかる。御広敷伊賀者組頭藤川義右衛門と申す」

「御広敷伊賀者……」

帯刀が驚愕した。

「金ではなく、将来の褒賞で味方しようではないか」

藤川が述べた。

「なっ。聞いていたのか」

さきほどの独り言が藤川の口から出たことに、帯刀は唖然とした。

「伊賀者ぞ、我らは」

藤川が笑った。

「……忍」

「そろそろなかへ入れてくれぬか。さすがに冷えてくるでな」

まだ呆然としている帯刀を藤川が促した。

「我々の説明は不要であろう」

座敷で二人きりになった藤川が言った。

「ああ。伊賀者は上様に嫌われただけでなく、御広敷用人水城とも仲違《なかたが》いをしている。これであっているな」

「ふん。さすがは五菜を大奥へ入れるだけのことはある」

「気づかれていたか」

帯刀が苦い顔をした。

「互いの手の内を明かしたところで、どうだ、我らを雇わぬか」

藤川が用件に入った。

「御広敷伊賀者が吾が殿の将軍就任を後押しするというか」

「そうだ」

「なぜ。殿だ」

疑問を帯刀が呈した。

「他にも候補はいる。それこそ、御三家など野望を持っているのではないか」

帯刀が尋ねた。

本家に人なきとき、人を返すべし。神君と讃《たた》えられる徳川家康が御三家を作ったときにそう言ったという。家康はなにを考えたのか、九男義直《よしなお》、十男頼宣《よりのぶ》、十一男頼房《よりふさ》の三人にだけ徳川の苗字を許し、将軍を出す権利を与えた。そのとき、家康の直系男子で生き残っていたのは、他に次男秀康《ひでやす》、三男秀忠《ひでただ》、六男忠輝《ただてる》だけだった。このうち秀忠は将軍だったので除かれる。残った二人には徳川の名前さえ許されなかった。

その理由として、秀康は一時豊臣秀吉の養子となり、そののち関東の名門結城《ゆうき》家を継いだからだとされている。これが、一度他姓を継いだ者は、徳川の本家を継ぐこと能《あた》わずの前例となった。

忠輝は、謀叛《むほん》を疑われて所領を剝奪、流罪《るざい》にされていたから、除外となって当然である。

が、秀康の処遇には疑問が残る。他姓などと言い出せば、家康自体怪しくなるからだ。なにせ、徳川という苗字は家康が朝廷に願って許しを得たもので、先祖代々の名乗りでも、格別の名門でもない。事実、家康は生まれたときから、松平あるいは世良田と名乗り続けてきた。それが、織田信長と同盟してから徳川と言い出したのだ。

「尾張は主殺しがあり、水戸《みと》は紀州の弟で出しゃばれぬ。そして、紀州はだめだ」

藤川が首を振った。

「あそこには根来組《ねごろ》がある」

「御庭之者に選ばれなかった者たちか」

すぐに帯刀が理解した。

「ああ。紀州と手を組んだとして、紀州公が九代将軍となれば、新しい御庭之者を連れてくるだろう。伊賀の状況は今よりましになっても……」

「変わらぬな」

帯刀が首肯した。

「対して、館林公には自前の隠密組がない。我らの力で将軍となったならば、伊賀組を重用《ちょうよう》してくださるであろう」

「望みはそれだけではあるまい。そのていどならば、将軍殺しという大博打をせずともよい。御庭之者の数は少ない。幕府は伊賀を完全に排除できない」

述べた藤川へ、帯刀が食いこんだ。

「……さすがだな。家宣公に選ばれて、清武公へ付けられただけのことはある」

褒めた藤川へ、帯刀が苦い顔をした。

「それが災いになったのだがな」

帯刀はもともと家宣の家臣であり、その優秀さを愛でられ、側近くで使われていた。そのとき清武は母の身分が低いため、父綱重から認知されずに家臣越智家で養育されていた。

綱重が死に跡を継いだ家宣は清武を哀れみ、弟として正式に認めたうえで別家させた。そのとき、帯刀は清武の家政を差配することを家宣から任された。

主君信頼の証だったが、その誇りは家宣が六代将軍となったことで崩れた。家宣は甲府藩を廃藩、家臣全部を旗本へと組みこんだ。この恩恵から分家は外された。

帯刀は旗本になれなかった。

「そんなものだな。運というものは」

藤川がしみじみと述べた。

「もし、八代に清武さまがなられていたら……」

「貴殿は万石を与えられて、御側御用人というところだろう」

「伊賀は従来どおり、探索御用を一手に引き受けていた」

二人があり得なかった未来を語った。

「貴殿の夢はそれか」

藤川が確認した。

「ああ。儂は万石の身分となり、天下を動かしてみたい」

「吾は世襲制の伊賀頭を復活し、旗本になりたい」

帯刀が首肯した。

御広敷伊賀者組頭藤川義右衛門が望みを口にした。

「なるほど。大名ではないのは、代々伊賀組を預かりたいからだな」

「さすがだな」

藤川が褒めた。

大名は幕府の配下ではあるが、徳川家の家臣ではなくなる。となれば、徳川家の探索方である伊賀者を預かることはできない。他人に探索方を任せる者などいないからだ。

「わかった。では、約そうではないか。殿が九代さまになられたとき、御庭之者は廃止。伊賀組を旧来の形に戻し、藤川家をその頭に任じ、八千石を給する」

「結構だ。御広敷伊賀者は、貴殿と手を組もう」

二人が顔を見合わせてうなずいた。

「一つだけよいか」

「なんだ」

帯刀が問うた。

「将軍への直接手出しはせぬ。それをすれば、伊賀組は守るべき相手を害したとなり、後々の将軍から信頼を得られなくなる」

当然であった。警固の者は絶対の信用がなければならない。御広敷伊賀者が将軍を殺したとあっては、いずれその報いを受けることになる。

「直接……わかった」

その言葉に含まれている意味をさとった帯刀が首肯した。

「では、我らを雇ってくれるとして、まずはどうする」

「竹姫さまを殺してくれ」

訊いた藤川へ、帯刀が言った。

「それも無理だ。大奥の警衛は御広敷伊賀者の任。大奥への手出しも勘弁してもらおう」

「役に立たぬな」

帯刀が頬をゆがめた。

「しかたあるまい。決まりごとだ」

「そんなものにこだわっているから、今の窮状なんだろうが」

「……そうなのだがな。なかなかに難しいのだ。吾は納得しても、他の者がな」

大きく藤川が息を吐いた。

「その代わり、大奥の外に出してもらえたならば、確実に仕留めてみせよう」

「外か」

「寺社参拝か、里帰りか。里帰りは無理か。京は遠すぎる。上様が出すまい」

藤川が述べた。

「そのあたりは、天英院さまにお願いすればどうにかなろう」

「呉服の代金のぶんの働きはしていただかねばな」

「だの」

帯刀が同意した。

「さて、用件も終わった。もう帰れ」

「妾とお楽しみか。いい女だの」

手を振る帯刀へ、藤川が笑った。

「笑うな」

下卑《げび》た笑いを浮かべた藤川に帯刀が怒った。

「もう覗《のぞ》くなよ」

「ふふふ。天井へ気をつけることだ」

諾否《だくひ》を言わず、藤川が上を向いた。

「上からか」

つられて帯刀が天井へ目をやった。

「えっ」

一瞬目を離した隙に、藤川が消えた。

帯刀が吐き捨てた。

「人外《じんがい》め」

二

注文を受けた尾張屋は、反物を届けるだけである。それを小袖に仕立てるのは、大奥呉服の間詰めの女中たちであった。

呉服の間の女中たちは、目見えできる身分であった。これは、御台所や将軍家の姫の衣服を仕立てるため、いろいろと触れたり、話しかけなければならないからであった。

「尾張屋より預かって参りました」

納品に来た尾張屋に峰尾が同道《どうどう》していた。

天英院の注文は、秋の虫揃いであった。すべて別注《べっちゅう》になるが、大奥の権力者天英院の機嫌を損ねれば、伝統ある尾張屋もそれまでである。他の仕事をすべて放置する勢いで、職人を動員、天英院と姉小路ら上級女中の反物だけを先に仕上げた。

「早いの」

峰尾を迎えた天英院の機嫌は上々であった。

「見せやれ」

「どうぞ」

望みに応じて峰尾が反物を拡げた。

「おうおう。よいな」

「お見事でございまする」

「さすが、天英院さま。お似合いでございまする」

満足そうな天英院に姉小路と峰尾が追従《ついしょう》した。

「帯刀へ礼を言わねばならぬな」

「承りましてございまする」

天英院の言葉に峰尾が一礼した。

「そうか」

尾張屋を帰してからも、うれしそうに反物を身体に当てている天英院へ、峰尾が話を切り出した。

「天英院さまにお願いをいたしたく」

「申していいぞ」

峰尾に機嫌の良いまま、天英院が許可を出した。

「竹姫さまを大奥から外出させていただきたく」

「……大奥から外へ」

天英院の顔から笑いが消えた。

「先日の妾の願いとは違うではないか」

一気に天英院の機嫌が悪くなった。天英院は大奥で竹姫を傷つけろと命じていた。

「重々承知いたしておりまするが……後難を排除するためとお考えいただきますよう」

「後難を排除する。竹姫を害すると」

「…………」

無言で峰尾が頭をさげた。

「姉小路」

天英院が腹心を呼んだ。

「わたくしも賛しまする。竹姫は、お方さまの邪魔でございまする」

呼ばれた姉小路が同意した。

「そうか。任せる」

「はい」

間を空けることなく、姉小路が引き受けた。

「ありがとう存じまする。では、これにて」

峰尾が辞した。


竹姫の扱いは大奥でも困っていた。

生まれは京の公家でありながら、五代将軍綱吉の養女となった。二度の縁談の相手が死んだため、本来なら嫁入りして大奥を去っていったはずが、そのまま残っている。五代将軍が生きていれば、せめて六代将軍家宣が存命であれば、まだ次の縁談を探せた。

しかし、今はそれから二代過ぎた八代将軍の御世である。世間は竹姫のことを忘れている。縁談を探すのも今更である。しかも形だけとはいえ、五代将軍の養女なのだ。その辺の大名や、旗本へ押しつけて終わりとはいかなかった。少なくとも御三家、譜代ならば四天王、外様であれば前田《まえだ》、島津、伊達《だて》などの大大名となる。公家でも五摂家、あるいは今上《きんじょう》天皇に近い宮家と、かなり相手が絞られる。

将軍の娘をもらう。

名誉なことだが、同時に金がかかった。かつて二代将軍秀忠の娘を正室に迎えた前田家は、あらたに御殿を作るなど、数万両の費用をかけた。かつては将軍の娘をもらうことで一門となり、敵視されるのを避けたいという外様も多かったが、武家の財政が逼迫《ひっぱく》している今、それを望むものはいなくなった。先々より目先の金なのだ。まして、竹姫は将軍の養女でしかなく、徳川の血を引いていない。正室に迎えても一門と言われるには弱い。

そこに六代将軍家宣、七代将軍家継と短期間で代替わりが続いてしまった。将軍が代わる。幕府にとって最大の行事である。竹姫のことはかすみ、忘れられた姫となってしまった。それを吉宗が思い出させた。

「どうするか」

主の許しを得た姉小路だったが、どうしていいのかわからず憔悴《しょうすい》していた。

「知恵を借りたい」

行き詰まった姉小路は、月光院付きの上臈松島へすがった。

「竹姫さまを大奥から出す口実だと……」

相談を受けた松島が、怪訝な顔をした。

「なぜそのようなことを」

「事情は聞かぬほうがよい」

姉小路が拒んだ。

「なにも言わず、知恵を貸せとは虫の良いことだ」

「代償は払う。今度の月見の会。こちらは秋の虫揃いで出る。お末まで全員、新しくした小袖でだ」

「お末までだと。天英院さまとおぬしが、裾《すそ》に秋の虫と草花をあしらったものだとは聞いていたが」

呉服の間に裁縫を頼めば、確実に漏れる。松島が知っていて当然であった。だが、お末の着物まで呉服の間は面倒をみない。お末の分は、城下で仕立てられていたため、その情報は松島のもとまでは届いていなかった。

「天英院さまとおぬしの衣装がわかったゆえ、こちらも対抗して鳥づくしの用意をさせたのだが……」

「鳥づくしだと。こちらが虫づくしと知ってそれか。鳥となって、虫を喰うつもりだったな」

報された姉小路が真っ赤になった。もし、二人だけその姿で出ていれば、まちがいなく恥をかかされていた。

「怒るな。当たり前の対応だろうが。衣装競いこそ、大奥の女の戦い」

松島が姉小路を抑えにかかった。

「……うむ」

こちらもしかけたのだ。姉小路も引くしかなかった。

「で、どうすればいい」

姉小路が催促した。

「褒賞を受け取ってしまったからの……竹姫さまの実家は京。となれば墓参は使えぬ。残るは祈禱《きとう》だな」

「祈禱……なにを祈らせると」

「そうよな。上様のお怒りを受けたのだ。そのお詫びに上様のご長寿を祈願するというのはどうだ」

松島が発案した。

「お詫びの祈禱か。理屈はとおるな」

少し姉小路が思案した。

「ならば富岡八幡宮《とみがおかはちまんぐう》がよかろう」

富岡八幡宮は、深川八幡宮とも呼ばれ、寛永《かんえい》年間深川の開拓のおり、その無事を願って勧進《かんじん》された。また、武家の神としても知られており、代々の将軍の崇敬《すうけい》も厚かった。

「深川か。遠いぞ」

姉小路の言葉に、松島が注意を与えた。

「よほど朝早くでなければ、門限までに戻れぬ」

月光院に近い者は、門限に苦い思い出があった。七代将軍家継のとき、月光院派の年寄で大奥一の実力者絵島《えじま》が、代参に出かけた帰り木挽町《こびきちょう》での芝居見物でときを過ごしすぎ、江戸城諸門の門限に間に合わず、流罪となった。絵島の脱落は、月光院側にとって大きな痛手《いたで》であり、押さえこまれていた天英院派にとっては、天の恵みとなった。

これがなければ、吉宗が将軍になる前に、月光院、天英院の争いには決着がついていた。将軍生母である月光院が大奥の主となり、天英院は中の丸の館へ移り、そこで家宣の菩提《ぼだい》を弔う日々を送ることになっていたはずであった。

「門限を気にせずともよい」

低い声で姉小路が告げた。

「……まさか」

さっと松島の顔色がなくなった。

「止せ。上様に知れたら……」

「知れるはずはない。それに手を下すのは、我らではない。我らはあくまでも、竹姫さまへ上様のご機嫌を取り結ぶ手段をお教えするだけ」

「手を下すのは別の者……誰だ」

「言うと思うか」

「……いいや」

松島が首を振った。

「帰ってくれ。この話は聞かなかった。よいか、決して巻きこんでくれるな」

「遅いわ。上様へ対抗しようと手を組んだときから、我らは一蓮托生《いちれんたくしょう》よ」

姉小路が小さく笑った。

「売るぞ」

「やれるものならばな」

吉宗に密告すると言った松島へ、姉小路が言い返した。

「大奥は上様へ対して一枚岩になっている。おぬしが裏切ったと知れば、どうなるかの。今の竹姫さまよりひどいことになるぞ」

異性がおらず、食べるか着飾るかしか楽しみのない大奥へ、倹約を命じた吉宗を女中たちは毛嫌いしていた。といっても幕府最高権力者の吉宗に表だって、異論を唱えたり、反発するだけの覚悟や度胸などはない。だが、不満をうちに秘めながらの従属、そのはけ口は要る。それを大奥女中たちは内側に向けた。

全体の流れに逆らう者はつるしあげられることになるのだ。

「大奥の決まりに照らし合わせて、処罰しておりまする」

これならば、吉宗の介入を防げる。

竹姫の問題もここへもっていけるからこそ、大奥女中たちの多くが参加していた。もし、松島が大奥を裏切って吉宗についたという噂でもたてば、どうなるかは火を見るよりも明らかであった。

幸い、松島の主月光院が吉宗に近いため、大奥から放り出されることはない。とはいえ、大奥役人のほとんどが敵になれば、一人でまともに着替えや入浴さえしたことのない上臈など三日で干上がる。

「…………」

姉小路の脅しに松島が沈黙した。

「大奥が勝つか、上様が押しきるか。もう、結果はどちらかしかない。肚《はら》をくれ」

　血相を変えた姉小路が、松島に迫った。

「……わ、わかったから。顔を近づけるな」

　松島が両手を前に突き出して、姉小路との間合いを取ろうとした。

「妾はなにも聞かなかった。妾はなにも言わなかった」

「まだそのようなことを」

　逃げをうつ松島へ、姉小路があきれた。

「逆だったら、どうする」

「………………」

　今度は姉小路が黙った。

「どなたの願いかは知らぬ。訊かぬ。だが、お末まで新しい衣装をこしらえるほどのものをもらったのは、そちらだけじゃ。妾のもとには一枚の小判も来ておらぬ。それでいて、責任だけは、同様にとは割に合わないであろうが」

「たしかにの」

　ただ働きを強要するわけにはいかないと、姉小路が引いた。

「竹姫さまのことについて、月光院《こちら》としてはなにもせぬ。それでよかろう」

「わかった」

姉小路が納得した。


上様のご長寿とご武運を願われてはという勧めを、竹姫は受けた。

「いけませぬ」

「お止めくださいませ」

鹿野と鈴音が止めた。

「なぜじゃ」

竹姫が首をかしげた。

「今の状況を、姫さまはおわかりでございましょう」

「わかっておる」

はっきりと竹姫がうなずいた。

「竹が情けないゆえ、そなたたちに苦労をかける」

「なにを仰せられまするか」

頭を下げた竹姫に、鹿野が慌てた。

「姫さまのせいではありませぬ。どうぞ、お気遣いなさいませぬよう」

鈴音も付け加えた。

「姫さまへ無礼なまねをしている連中が、上様のご機嫌を取り結ぶ手立てを教える。そのようなことありえませぬ」

鹿野が否定した。

「先日の詫びだと申していたではないか。あのお客あしらい、なんと申したかの」

「野笛でございますな。紅さまへ礼を欠いた対応をした者。その罰で今は仏門へ入れられ、桜田御用屋敷へと追いやられておりまする」

すばやく鈴音が訂正した。

「詫びとあれば不思議ではあるまい」

「姫さま……」

「わかっておる。そなたたちの気遣い、うれしく思う」

抗弁しようとした鹿野を、竹姫が笑顔で制した。

「これは、あらたな嫌がらせであろう」

「おわかりならば、なぜ」

鹿野が不思議そうな顔をした。

「今回のこと断ったとしよう。それで終わるか」

竹姫が問うた。

「………」

答えに窮した鹿野が黙った。

「鈴音、そなたはどう思う」

「今回は逃れられても、またなにかしてきましょう。そしていつかは回避できぬ手で参るかと」

鈴音が言った。

「これっ」

遠慮なく言った鈴音を鹿野が叱った。

「叱ってやるな。妾が求めたのじゃ」

竹姫が鹿野を宥《なだ》めた。

「避けられぬならば、さっさとすませてしまえばよい」

「ですが、姫さま。これで終わるという保証などございませぬ」

鹿野が懸念を口にした。

「そのときは、公方さまにおすがりする。一度は耐えたのじゃ。向こうのつごうに二度までつきあってやる義理はないであろう」

「よろしいのでございまするか」

吉宗を頼る。それは、大奥相手に喧嘩を売ると同義であった。鹿野が確認した。

「いずれ妾は、公方さまの北の方となる。大奥の主とな。大奥は、表で政に奔走《ほんそう》されている公方さまがお休みになるところ。男をやすらげるのが女の任。そう紅どのが言われていたであろう。ならば、妾もそうせねばなるまい。今の大奥はそうではない。ゆえに公方さまは大奥へお運びにならぬ」

「仰せのとおりでございまする」

鈴音が同意した。

「ずっと妾は蚊帳《かや》の外であった。また、それでよかった。いえ、それしか知らなかったから、なにもないのが当たり前であった。このまま十年、二十年と過ごし、いずれ尼となってどこぞの寺へ移る。妾の一生は穏やかだと思っていた」

竹姫が続けた。

「穏やかではない。それは女として死んでいるのと同じ。そのことに、妾は気づいた。いいえ、公方さまより教えていただいた」

「姫さま」

鹿野が目を見張った。

「男に慈《いつく》しまれ、男を慈しんでこそ女なのだとな。公方さまが、妾を欲しいと言ってくださったとき、身内が震えた。あのとき、妾は女になったと言える」

艶然《えんぜん》と竹姫が微笑んだ。

「妾は女ぞ。男を受け入れ、その子をなして、育てていきたい。妾がこの世に生きた証が欲しい。それを公方さまはくださるという。ならば、その公方さまにふさわしい女にならねばなるまい」

竹姫が表情を変えた。

「今はまだ表に出るわけにはいかぬ。妾があからさまなことをしては、公方さまにご迷惑がかかりかねぬ。なにせ、妾はまだ月のものさえ見ておらぬ」

大名同士の婚姻のなかには七歳や八歳というものもある。しかし、実際に男女のことをおこなうのは、少なくとも女が初潮《しよちよう》を迎えてからというのが常識であり、決まりであった。もし、今、吉宗が竹姫を御台所として大奥へかよえば、それは悪評にしかならなかった。

「公方さまは、崩れかけた幕府を建て直そうとなされておられる。大奥を見てもわかるように、公方さまのなさることは、旧来の慣習を守る者にとっては迷惑千万《せんばん》。なんとかして公方さまの邪魔をしようとする。そのとき、妾が足を引っ張ってはならぬ。だからと申して、つけいらせてはかえってよくなかろう」

強い意志を竹姫が見せた。

「一度はこちらが引く。なれど、二度まで下がっては、食いこまれよう。それがかえって公方さまの負担になっては本末転倒《ほんまつ》であろう」

竹姫が二人を見た。

「妾は、公方さまに寄り添う女となる」

「はっ」

「おそれいりまする」

宣する竹姫へ、鈴音と鹿野が平伏した。

「と言ったが、なにもわからぬ。鹿野、どのような嫌がらせが考えられるか」

竹姫の表情が不安なものへと変わった。

「……八幡宮へ連絡が行っておらず、向こうで立ち往生させる。あるいは、どなたか代参の方とかち合わせ、こちらを後回しにさせて笑いものとする」

「姫さま以上の格をお持ちのかたは、おられぬはず」

鹿野の話に鈴音が口を挟んだ。天英院も月光院もすでに仏門に入り、世俗からは離れた形を取っている。正式なことをいえば、五代将軍の養女である竹姫が優先された。もっとも実際は、その持つ権と女中の数が違いすぎるため、竹姫が遠慮しなければならないとはいえ、どちらが格上かあいまいなだけに、どのようなごまかしもきく。

「本丸大奥は問題にならぬ。しかし、西《にし》の丸《まる》大奥にはご世子《せいし》さまがおられる」

難しい顔で鹿野が告げた。

常設ではないが、西の丸にも大奥はあった。

西の丸大奥は、大御所となった前将軍あるいは、次の将軍となる世子がいるときだけのものであり、規模も本丸に比べてかなり小さなものである。

今は吉宗の嫡男長福丸が、西の丸に在しているため、大奥も設けられていた。西の丸に大御所や世子のいないときは、建物の維持などをするための人員しか配されていないため、入り用に応じて本丸から女中を移動させて構成した。多少は長福丸の扱いに慣れた紀州の女中もいるが、そのほとんどは本丸大奥からの出向である。

西の丸大奥は本丸大奥の支配下にあった。

「世子さま……」

長福丸はまだ六歳と幼い。だけに、西の丸大奥から出ることはなく、女中たちの思うがままであった。

「他にはないか」

「陸尺《ろくしやく》どもに言い含めておいて、途中で駕籠《かご》を転がすというのも考えられまする」

「それは大事ございませぬ」

鹿野の言葉に鈴音が口を挟んだ。

「そのようなまねをすれば、上様がどのようにお怒りになるか、前もって聞かせておけば、すみましょう」

「そうであったな」

防ぐ手立てを言った鈴音に鹿野が同意した。

「あと行列を遅らせて、門限に間に合わぬよう仕向けてくるやも知れませぬ」

鈴音が加えた。

「そうか」

鹿野が気づいた。

「ゆえにお城から遠い深川か」

「遠いのか」

「それほどに」

竹姫も鈴音も京の出で、江戸は城しか知らない。深川八幡宮までの距離を理解できなかった。

「どうやら、それが本命のようじゃな」

大奥の門限を破ったときの罰則は決まっている。前例があるのだ。

「妾をどこぞの大名預けにするつもりか」

「なんという悪辣《あくらつ》な」

竹姫があきれ、鹿野が憤慨《ふんがい》した。

「しかし妙手《みょうしゅ》でございまする。防ぎようがございませぬ」

鈴音が首を振った。

「鹿野さま。竹姫さまを乗せた駕籠の速さで、どのくらい深川八幡宮までかかるか、おわかりでしょうや」

格が落ちたため、鈴音は同輩であった鹿野にていねいな口調で問うた。

「いいや。妾も深川が遠いというのは知っておるが、行ったことはない」

鹿野も大奥での生活が長く、江戸の生まれながら、その地理を熟知していなかった。

「なれば、その足並みで十分なのか、急かさなければならないのか、わからぬでありましょう。遅いと急かして、なにか事故でもあれば……」

「うむう」

鈴音の危惧に、鹿野もうなった。

「参拝先を変えられぬか。まだ、承諾していないぞ、妾は」

「難しゅうございましょう。深川の富岡八幡宮は、将軍家とかかわりが深《ふこ》うございまする」

鹿野が首を振った。

「そこまで考えているとなれば、こちらの打つ手も読まれておりましょう」

頬をゆがめて鈴音が嘆息した。

「鹿野」

「はい」

竹姫に名前を呼ばれて、鹿野が姿勢を正した。

「理由はなんでもかまいませぬ。妾を病と言い立ててもよい。参拝をできるだけ延ばすように。鈴音」

「はっ」

「その間に、なにか打つ手を考えよ」

「死ぬ気で」

鈴音が決意を述べた。

「頼むぞ。妾はなにもできぬゆえな」

二人へ竹姫が述べた。

三

身分ある女が、大奥から外出するとなれば、不意はあり得なかった。町屋の女が買いものに出るのとはわけが違った。それこそ、山のような手配が要った。

「竹姫さまが、深川の富岡八幡宮まで行かれると言われるか」

表使から連絡を受けて、聡四郎は驚愕した。

「日時は十日後と決まった」

淡々と表使が告げた。

いろいろと引き延ばしをはかった鹿野だったが、大奥全体が敵の状態では限界があった。竹姫の体調不良も、奥医師を派遣されればそれまでなのだ。竹姫側の事情など勘案されず、参詣《さんけい》の場所と日時は決定されていた。

「よろしいのか」

「竹姫さまたってのご希望である。お怒りをいただいたことを反省して、上様のご長寿と武運長久《ぶうんちょうきゅう》を願いたいと言われては、止めようもあるまい」

「まことに」

「表使の言葉を疑うか」

「……ご無礼つかまつった」

聡四郎は詫びた。

御広敷との折衝《せっしょう》は表使が握っている。表使に嫌われては、御広敷用人は務まらなかった。

「陸尺の手配は、こちらでする。道筋の整理などはそちらに任せる」

大奥女中の乗る駕籠は、女の陸尺が担《かつ》ぐと決まっていた。

「承知した。富岡八幡宮への到着は何刻あたりでござろうか」

「竹姫さまのご出立《しゅったつ》にもよるが、おおむね昼あたりであろう」

「では、中食《ちゅうじき》の用意もいたさねばならぬな」

「知らぬ。大奥の外は、我らの関知するところにはない」

手配の打ち合わせを表使はあっさりと切りあげた。

「みようだな」

御広敷用人控えに戻った聡四郎は首をかしげた。

「どうかしたのか」

先任の小出半太夫《こいではんだゆう》が、聡四郎の独り言を聞きとがめた。

「お教え願えましょうや」

聡四郎はこれ幸いと小出半太夫へ声をかけた。

「じつは……」

竹姫の神社参拝を聡四郎は告げた。

「珍しいな。竹姫さまが直接出向かれるというのは。普通は部屋付きの中臈あたりに代参させるものだがの」

小出半太夫も首をかしげた。

「といっても、まるきり例がないわけではない。五代さまの御世、ご生母桂昌院《けいしょういん》さまは、綱吉さまご子孫繁栄の祈願のため、何度となく寺社へご参詣なされたという。それに代参より直接赴《おもむ》かれたほうが、上様へのお聞こえもよろしかろう」

「前例はある……」

「探せば、他のお方も出て来よう。それこそ、言い出せば、初代大奥総取締りの春日局さまなど、お忍びで駿河《するが》まで行かれているのだ」

三代将軍を家光に確定させるため、乳母だった春日局は隠居していた家康に直訴《じきそ》するため、駿河まで行っている。これは幕臣であれば誰もが知っている話であった。

「では、手配をいたすとすれば、なにを」

「初めてだったか、水城は。ならば、やむをえぬ」

面倒くさそうに、小出半太夫が説明を始めた。

「まず、警固の伊賀者の手配だ。それは藤川へ命じればいい」

「はい」

「続いて黒鍬者《くろくわもの》よ」

「黒鍬者でございますか」

聡四郎は首をかしげた。黒鍬者は譜代席と一代抱え席の二種混交した雑用係の小者である。もとは戦国の雄武田《たけだ》家に仕えた鉱山師であったと言われているが、今は姓を名乗ることさえ許されない軽い身分の者であった。

「黒鍬者は、江戸の道を管轄しておるからな。竹姫さまの行列が進む道の整備をさせるのだ。大きな石があったり、穴があったりしては、困るであろう」

「なるほど」

「他の大名行列などと行き会わぬようにもしてくれる。黒鍬者は便利じゃ」

「はい」

「残るは富岡八幡宮だな。あそこならば、御上の使者に慣れておるゆえ、日時だけ報せておけば差配してくれる」

「中食はどういたせば」

「門前の茶屋を一刻(約二時間)ほど借り切ればいい」

ていねいに小出半太夫が教えた。

「あとな、伊賀者と黒鍬者に、少し心付けをくれてやれ」

「お役目でございましょう」

聡四郎は眉をひそめた。

「たしかに、御広敷伊賀者は大奥女中外出の供をするのも任であるし、黒鍬者は辻の整備をするものだ。だがな、これらは御上のためであって、竹姫さまのためではないのだ。竹姫さまの御用で動かすのだぞ」

「……承知しました」

納得いかないが、小出半太夫に反論するわけにはいかなかった。聡四郎は首肯した。

「そんなところかの」

「かたじけのうございました」

深く聡四郎は頭を下げた。

「……水城」

早速手配にと立ち上がりかけた聡四郎を、小出半太夫が呼び止めた。

「なにか」

「一つ気を付けておけ。深川は遠い。かなり早くお城を出なければ、門限までに帰り着かぬかも知れぬ」

「深川でございましょう。そのていどならば、十分日帰りができると」

聡四郎は問題ないだろうと答えた。

「女駕籠がどれだけ遅いか、知らぬようだな」

小出半太夫が嘆息した。

「おぬしは女中どもの外出の供をした経験がない」

「はい」

問われて聡四郎はうなずいた。

「女の買いものにつきあったことはあるか」

「ございませぬ」

聡四郎は否定した。

紅とは、顔見知りのころ、好意を抱いたころ、婚約の時期、そして夫婦となってからを合わせても、一緒に出かけたことはあっても、買いものをしたことはなかった。

また、紅は女としては上背《うわぜい》があり、かつては足首までさらけ出すほど裾をはねて歩いていた。さすがに旗本の妻となってからは、お淑《しと》やかにしているが、男の聡四郎と遜色《そんしょく》ない速さを出せる。小出半太夫の質問が、聡四郎にはわからなかった。

「遅いぞ。女の足は。とくに大奥の陸尺どもはな。男が半刻（約一時間）で一里と十丁（約五キロメートル）歩くのにたいし、女駕籠はその半分しか進まぬ」

「半分……歩いたほうが速い」

聡四郎は啞然とした。

「それが大奥女駕籠の決まりだ。変えるわけにはいかぬ」

「ううむ」

幕府が慣例で動いていることは、勘定吟味役を経験したおかげで、聡四郎にもわかっている。それでも、理不尽としか思えなかった。

「気を付けろ」

「かたじけのうございまする」

小出半太夫に聡四郎は深く頭を下げた。

御広敷用人部屋の隣が、御広敷伊賀者詰め所である。

「書役《かきやく》、ついて参れ」

御広敷書役は、用人部屋に詰め、御広敷での雑用と右筆役を務めた。

用人部屋を出た聡四郎は、そのまま伊賀者詰め所へと足を向けた。

「藤川おるか」

「これに」

すぐに返答がし、なかから板戸が開いた。

「聞いていたな」

「……ですが、一応、正式な命をいただきませんと」

頬をゆがめながら、藤川が願った。

「竹姫さま付き用人よりの要請である。十日後、竹姫さまが富岡八幡宮までお出かけになられる。その警固の者を遅滞《ちたい》なく選抜し、手抜かりなきように手配いたせ」

聡四郎が命じるままを書役がすばやく記していく。後日、これが奥右筆へと回って、保管されるのだ。

「承知いたしましてございまする」

「…………」

一礼する藤川を一瞥《いちべつ》して、聡四郎は伊賀者詰め所を離れた。

「ご苦労であった。誰か」

書役を解放した聡四郎は、続いて用人部屋の外、廊下で控えている御広敷侍を呼んだ。

「お呼びでございますか」

歳嵩の御広敷侍が応じた。御広敷侍はお目見え以下七十俵で譜代席、代参などの供頭を務め、使者役としても働く。

「黒鍬者へ竹姫さまお出かけにつき、途上の整理おさおさ怠《おこた》りなきようにと伝えよ」

聡四郎が述べた。黒鍬者は幕府の小者であり、聡四郎が直接命を下すわけにはいかず、こういう形をとらざるをえなかった。

「承りました」

御広敷侍が小走りに駆けていった。

「次、富岡八幡宮へ、竹姫さま参拝の旨、連絡いたせ。あと中食の手配も忘れるな」

「はっ」

別の御広敷侍が一礼した。

「まだ慣れぬな」

出すべき指示を終えて、用人部屋へ戻った聡四郎はため息を吐《つ》いた。長く旗本の四男坊で厄介者だった聡四郎は、なんでも己で片付ける習慣が身についていた。お役に就いてからも、最初は一人でなんでもやろうとしたが、かえって事態を悪化させることもあると知り、最近は慣例にそって配下たちを使うようにしていた。

「さて、残るは上様だけか。御庭之者をつうじてご存じとは思うが……」

聡四郎は一息ついてから、中奥へと向かった。

伊賀組詰め所で藤川義右衛門が厳しい眼差《まなざ》しをしていた。

「御庭之者は近づいておるまいな」

「天井裏も、床下も掃除ずみだ」

高屋が報告した。

「竹姫の外出の供は、高屋、おぬしと岩井《いわい》が出ろ」

「よかろう」

「承知した。で、我らがやるのか」

岩井が問うた。

「ではない。別の者を出す」

藤川が首を振った。

「打ち合わせはできるのだろうな」

「いいや」

高屋の要望に藤川が首を振った。

「齟齬《そご》が起こるぞ。仲間かどうかの判断ができねば、迎撃《げいげき》することになる」

「構わぬ」

藤川が首肯した。

「馬鹿を言うな。伊賀者同士が戦うなど、あってはならぬ。伊賀の掟《おきて》をどう考えるのだ」

強い口調で高屋が藤川を弾劾《だんがい》した。

乱世、技を売りものにして生きてきた伊賀は、その秩序を保つためいくつかの掟を作っていた。一つは殺された仲間の仇はかならず討つというもの。他に金をもらっている間は裏切らないとか、上忍の命は絶対だなどがある。そしてもう一つ、大きな取り決めがあった。それが、伊賀同士で戦わないというものであった。

乱世、戦国大名に雇われた伊賀者である。ときには、敵対している大名に雇われることもあった。本来ならば、同じ伊賀者でも敵として殺し合わなければならない。だが、そうしてしまうと、貴重な忍が同士討ちで傷つき、死んでしまう。これが続けば、伊賀の力を失わせてしまう。忍の数が減れば、仕事を受けられなくなり、金が入らず、郷が飢える。それを防ぐために、伊賀は敵対勢力に雇われていようとも、決して同郷は戦わずという掟を作っていた。

「掟がそれほど大事か」

冷たい目で藤川が高屋を見た。

「なにっ」

「おいっ」

岩井と高屋が驚愕した。

「いつまで黴《かび》の生えた百五十年も前の決まりに縛られているのだ。そんなことだから、伊賀は駄目になった」

「言っていいことと悪いことがあるぞ」

高屋の声が低くなった。

「では、どうするというのだ。竹姫を芝居のように筋書を立てて襲うとでも。それを御庭之者が見逃すか。いや、吉宗が許すか」

「うっ……」

突っこまれた高屋が呻いた。

「竹姫を殺すのは容易《たやす》い。今からでも小半刻とかかるまい。だが、それでは伊賀がやったと公言しているも同然である」

藤川が述べた。

「生き残って、功績を手にせねば意味がない。違うか。それこそ忍の本分であろう」

「……」

「むうう」

二人は反論できなかった。役目を果たしても死んでしまえば、それを報告することができない。報告がなければ、完遂《かんすい》したとは見なされず、金などの褒賞は与えられないのだ。伊賀の忍は、最初にそのことを叩きこまれた。

「我らに疑いが向くのは確実である。それを払拭《ふっしょく》できるのは、守ろうとしたとの真実だけ。その布石でもあったのだ、先日の用人と従者を救ったのはな。一度だけなら疑われても二度、三度となれば真実になる」

意味を染みとおらせるように、ゆっくりと藤川が語った。

「言いたいことは理解した。それが正しいともな。だが、いつ襲ってくるかわからずとも、来るのは伊賀者ぞ。仲間と真剣に戦うなどできぬ」

高屋が首を振った。

「伊賀者だけとはかぎらぬ」

「どういうことだ」

岩井が首をかしげた。

「金で無頼を雇う」

藤川が告げた。

「そんな金があるのか。左伝にむしられて、伊賀は丸裸であろう」

探索御用を失った伊賀の余得は、代参の供をしたとき女中が遊ぶのを見て見ぬ振りをする目こぼし料、あるいは出入り商人からもらう心付けくらいである。それも吉宗の倹約で減り、ほとんど入って来なくなっている。

聡四郎を京で片付けるために伊賀の郷へ支払った金、刺客を雇うといって左伝が持って行った金、その二つで伊賀の金蔵は底をついていた。

「金は館林から出る。いや、人もな」

小さく藤川が笑った。すでに館林と手を組んだことは組内に報せてあった。

「ということは、無頼も館林が手配すると」

「そうだ」

確認する高屋へ、藤川がうなずいて見せた。

「ならば遠慮はいらぬな」

岩井がほっとした。

「何人ならいける」

「無頼か……岩井とならば八人、いや六人だな。確実を期すならば」

「だの。駕籠や女中に被害が多少出てもよいのならば、十人でもどうにかするが、」

それではよろしくなかろう」

顔を見た高屋へ、岩井が応えた。

「うむ。無頼ていどに襲われて、大奥女中に怪我《けが》をさせたとなれば、伊賀組の腕を
疑われる。それでは後々に困る」

藤川が告げた。

「おかしくないか。行列が襲われて被害が出ては、警固の伊賀組に非難が集まる。それでいて、竹姫を殺す。矛盾しておろう」

高屋が疑問を呈した。

「その辺は知らずともよい。知ればどうしても油断が出る」

はっきりと藤川が拒んだ。

「大事ないのだろうな」

疑いの目で高屋が藤川を見た。

「決して仲間を売らぬ。これも伊賀の掟であろう」

「掟をないがしろにしようとしておきながら、よく言う」

いけしゃあしゃあとした藤川に高屋があきれた。

「任せろ。伊賀に傷をつけず、仕事を果たしてみせる」

「その言《げん》、忘れるな」

宣した藤川へ、高屋が鋭い声をぶつけた。

「ところで、竹姫さまの外出に用人はついていかぬのか」

「いかぬはずだ。姫さま方の嫁入り以外で、用人は行列の供をしないのが慣例」

「ちっ。どさくさに紛《まぎ》れて命を奪ってやろうと思ったのだが」

悔しそうに高屋が舌打ちをした。

「竹姫が死ねば、上様の怒りを買ってお役を放たれるだろうよ。そうなれば、我らが遠慮する理由もなくなる」

なだめるように藤川が言った。

「いつでも襲えると」

岩井が口の端《は》をゆがめた。

「そういえば、竹姫についている伊賀の郷の女はどうするのだ。大奥から追い出すと聞いているが」

岩井が思い出したように質問した。

「いや、このまま放置する」

藤川が答えた。

「大奥でまたぞろ馬鹿をされては困ると、うまく言いくるめて出て行かせるつもりだったが、竹姫が外に出れば話は別。近くにあれば、使い道もある。それに、お城から離れていれば、なにがあっても我ら御広敷伊賀者のかかわりないこと。もし、用人が竹姫の後でもつけてくれれば……」

「機を見て討とうとするだろうな」

続きを高屋が引き取った。

「もし用人が来なかったら、うまく煽って竹姫を殺させてもいい」

「なるほど、我らの手を汚さずにすむと」

下卑た笑いを岩井が浮かべた。

「便利な道具と思えばいい。だが、頼るなよ」

「任せろ。我らに油断はない」

念を押すように言う藤川へ、高屋が胸を張った。

「楽しみだな。いくぞ、岩井」

言い残して高屋が去った。

「ふん。なにも考えておらぬの。やはり下忍の出は、下忍。使われるようにできておる。儂のように思案できる者こそ、人の上に立つべきであり、下忍は言われるままに動けばいい」

藤川が嘲笑を浮かべた。

「どれ、山城帯刀どのに会ってくるか。捨て駒の無頼、手配してもらわねばならぬからな」

呟いた藤川が席を立った。

四

嘆息しながら聡四郎は吉宗の待つ御休息の間へと畳廊下を進んだ。

「近江守さま。お目通りの許しを求めることなく、御前《ごぜん》へというのはいかがなものでございましょうや」

老中でさえ、吉宗に会うには許可が要った。御側御用取次である加納近江守へ用件を詳しく話さないと取り次いでさえもらえないのだ。御用が進まぬと老中が愚痴《ぐち》ると言われている。それを聡四郎はあっさりと案内された。見ていた小姓や小納戸など役人たちの目つきが変わっていた。身分からすれば低い聡四郎へ、あらためて注目し始めたのだ。他人目を引くのがよいとはかぎらない。吉宗の対応に聡四郎は辟易《へきえき》していた。

「上様のお言葉だからの。水城が来たならば、すぐに通せ。老中が居ようとも構わぬとのご諚だ」

半歩前を歩きながら加納近江守が告げた。

「ご勘弁願いたく」

「あきらめろ。上様のお気に入りとなったのだ。身を粉《こ》にして働くしかない。その代わり、見合う褒賞をくださるぞ」

情けない声を出す聡四郎へ、加納近江守が発破《はっぱ》を掛けた。

「そこまで買っていただけるとは思えませぬ」

「使えぬ相手に、娘はやるまい」

加納近江守が言った。

「娘と仰せられまするが、紅は相模屋の」

「違うぞ」

足を止めて加納近江守が否定した。

「上様が紅さまをご養女になされたのは、まだ紀州家の当主であられたときであったな」

「はい」

「将軍をめざされていたときだ。少しでも傷になるようなまねは避けねばならぬ。そんなときに、幕府お出入りとはいえ、町人の娘を養女にする。これがどういうことかわかるか。それこそ、神君家康公の尊き血筋に、下賤《げせん》な者を加えるなど言語道《ごんごどう》断《だん》と糾弾されかねないのだぞ」

「…………」

聡四郎は絶句した。

あのときは勘定吟味役であった聡四郎を、手駒《てごま》とすべく紅を人質として取りあげたとばかり思っていた。いや、今の今までそうだと考えていた。

「上様は、無駄なことをなさらぬ」

「はい」

それについては誰も異論はない。聡四郎も同意した。

「その上様が、八代さまに王手を掛けられていたときに、危ない橋を渡る。それに見合うだけの価値がなければ、なされぬ」

「わたくしに価値が」

「あるのだ。水城」

加納近江守が真剣な眼差しで聡四郎を見つめた。

「この先は、上様から聞くがよい。ご入り用なときに、お教えくださるだろう。さあ、上様をお待たせしてはいかぬ」

さっさと加納近江守が歩き出した。

「えっ……」

二階へ上がった梯子《はしご》をはずされたような感じを、聡四郎は受けた。

「来たか、婿。一同遠慮せい。ここからは、舅と婿の話じゃ」

笑いながら吉宗が、手を振って他人払いを命じた。

「上様におかれましては……」

「やめいと言ったはずぞ。無駄な手間を喰うだけだ」

口上を述べかけた聡四郎を吉宗が叱った。

「竹のことだな」

すぐに吉宗が話に入った。

「はい。裏になにか……」

「ないわけなかろう」

ふたたび聡四郎を吉宗が遮った。

「では、お止めいたしましょう」

「いいや。今逃げても意味がない。これを好機として、相手を潰す」

吉宗が聡四郎の言葉を拒んだ。

「いけませぬ。竹姫さまの身になにかあれば」

「それを防ぐのが、おまえの仕事だ」

厳しい目で吉宗が聡四郎を睨みつけた。

「無茶なことを仰せになる」

聡四郎は息を呑んだ。

「無茶を命じてはいるが、無理は言っておらぬ。そなたならできると思えばこそ、愛《いと》しい女を預けたのだ」

吉宗の目つきがやわらかくなった。

「御庭之者はお使いになられませぬので」

「ああ。御庭之者が出れば、竹姫を躬が守っていると知られる。つまり、竹姫が新しい御台所と宣するのと同じである」

訊く聡四郎へ吉宗がうなずいた。

「それこそ、あちこちから横槍が来ましょう」

「すでに来ておる。のう、近江」

「はい」

加納近江守が苦い顔をした。

「上様へ、ご縁談が」

聡四郎は加納近江守へ問いかけた。

「まだ表だってはいないがな。京より、宮家の姫を五摂家近衛の養女として江戸へ送るという話を、武家伝奏《てんそう》が申して参った」

武家伝奏とは、幕府と朝廷の仲を取り持つ公家である。大納言《だいなごん》と同格とされ、今は徳大寺公全《とくだいじきんとも》、中院通躬《なかのいんみちみ》の二人が担当していた。

「宮家の姫をわざわざ近衛さまの養女に、みょうでございますな」

聞いた聡四郎が首をかしげた。

将軍の正室は、五摂家あるいは宮家からという慣例があった。宮家の姫ならば、つまりなんの問題もない。

「竹は一条に近い。竹が御台所となれば、一条が力を持つ。それは幕府と繋がりの太い近衛家の落日《らくじつ》を意味するからな」

天英院は近衛家の出であった。そのおかげで近衛家は幕府の権を背景に、朝廷を恣《ほしいまま》にしてきた。

「今はまだ打診だが、色よい返事がないとなれば……勅《ちょく》を出して来るであろうな」

勅は天皇が出す命令である。将軍といえども、朝廷の臣である。従わないわけにはいかなかった。

「……それは」

ことの大きさに聡四郎は絶句した。

「わかったな。竹を御台所にしたい一条たちが、勅を止めている。今、竹が死ねば、躬は近衛の養女を娶《めと》るしかなくなる。天英院を姉と呼ぶなど、冗談ではないわ」

「…………」

任の重さに聡四郎は息苦しい思いであった。

「御庭之者は出せぬ。伊賀は信用ならぬ。そして、そなたは随伴できぬ」

「それで竹姫さまを守れと」

言う吉宗へ、聡四郎は恨みがましい目を向けた。

「守る。いや、毛筋《けすじ》ほどの傷をつけることも許さぬ」

命じる吉宗の手が細かく震えていることに聡四郎は気づいた。

「……全力を尽くしまする」

さらに条件を強くする吉宗の前から、聡四郎は逃げ出すように下がった。

「なにかあったの」

悄然と帰邸した聡四郎に、紅が気づいた。

「着替えてから話す」

「……いいわ。その代わり、あとでしっかり教えなさいよ」

「ああ」

娘時代の口調の紅に、聡四郎はほっとするものを覚えた。

「……そう」

話を聞いた紅が江戸城のほうを睨みつけた。

「なにを考えておられるのかしら。想い女《びと》を囮《おとり》に使うなんて」

紅が怒っていた。

「しかたないとしか言えぬ。大奥では、上様でさえ孤軍なのだ。しかも、周りは敵ばかり。そんなところで、竹姫さまが襲われてみろ。なにもできずに終わるぞ。それが上様にはたまらぬのだ」

聡四郎は吉宗の震える手を思い出した。

「吾にも覚えがある。そなたが甲州屋《こうしゅうや》にさらわれたとき、身が裂かれる思いであった」

まだ知り合って間もないころ、江戸城出入りの相模屋を乗っ取ろうとした甲州屋が紅を拐《かどわ》かし、蔵に閉じこめて手籠《てご》めにしようとした。幸い、聡四郎が間に合い、紅の身は汚されずにすんだが、あのときの焦燥《しょうそう》を聡四郎は忘れていなかった。

「馬鹿……」

真っ赤になった紅が、蚊の鳴くような声を出した。

「だが、上様のご身分では自ら動かれるわけにはいかぬ」

将軍が惚れた女のためだとはいえ、政を放置して江戸城から出るなどできようはずもなかった。政を一日滞らせると、それだけ庶民に負担がかかる。それこそ、手配りが遅れたことで、人が死ぬかも知れないのだ。政に空白は許されない。天下人は個ではなく、公を優先しなければならない。それができない者に、天下の政をする資格はなかった。

「おかわいそう」

紅が悲痛な顔をした。

「なんとかしてあげなさいよ」

正反対に紅が変わり、聡四郎へ迫った。

「その手がないから苦労している。吾は随伴できぬ」

御広敷でもっともえらい用人が警固というわけにはいかなかった。

「一応、目立たぬように間合いをあけてついていくつもりにはしているが……往来はよくても、神社のなかにまでついていくのはまずい。目立ちすぎる」

「社のなか……」

少し紅が思案した。

「あたしが行く」

「なんだと」

言い出した紅に、聡四郎は驚愕した。

「将軍養女の身分使わせてもらうわ。将軍の姫同士、並んで参詣してもおかしくはないわよね」

「紅……」

「だめよ、止めても。あたしの身を案じてくれるのは、すごくうれしいけど」

聡四郎の制止を、紅は言わせなかった。

「かわいい妹のために姉が働くのは当然」

「妹、姉。なんだそれは」

「竹姫さまとそういう話になったの」

紅が告げた。

「なれど……」

「玄馬さん、借りるわ」

またもや紅が聡四郎の先手を打った。

「他に手があるというのなら、従うわよ。あなたの妻ですもの」

「………」

聡四郎は黙るしかなかった。それが取り得る最善の手段だとわかってしまった。

「ふざけるんじゃないわ。どういう理由か知らないけど、竹姫さまを狙うなんて許されない。なにより、あなたを困らせるなんてがまんできない」

紅が強い口調で言った。

「……紅」

「好きな男のいる女の強さ、見せてあげる」

将軍の養女でもなく、旗本の妻でもない。初めて出会ったころの紅が、そこにいた。

大奥にも玄関はあった。七つ口に向かって左手にあり、霧除《きりよ》け庇や式台を持つ立派な玄関が、御台所や姫さま方、上級女中の出入りに用いられた。

ようやく日が上がったばかりの六つ半（午前七時）ごろ、竹姫の乗る駕籠の用意が整った。大奥の女駕籠は、御台所しか使用できないものと、将軍家の姫用、上級女中用の三種があり、竹姫の使用する姫用は、前後六人の女陸尺によって担がれた。

「よしなに頼みいりまする」

竹姫が供をする女中、女陸尺へ声をかけて駕籠に乗った。

「一同、心して参るように」

大奥の玄関は御広敷と隣接している。式台までならば、男子も立ち入れるため、聡四郎は見送りに来ていた。

「鹿野どの、お願いいたす」

「承りました」

中臈の鹿野にも駕籠は用意される。竹姫のものより格は劣るが、四人の女陸尺が担ぐ。

「任せたぞ」

続いて聡四郎は鈴音に声をかけた。お次に落ちた鈴音に駕籠は用意されなかった。

「今度こそ、お守りいたしましょう」

鈴音が決意を表情に出した。

「出立」

供頭となる御広敷侍が声を張りあげた。

ゆっくりと行列が動き出した。

先頭は先触れ役代わりの黒鍬者である。黒鍬者には目付から江戸市中の道を差配する権が与えられており、大名行列でも止められた。黒鍬者に先導させることで、他家の行列とのもめ事を避けるためであった。行列は、警固役の御広敷伊賀者、着替えなどの荷物を入れた長持ちを担ぐお末、中臈鹿野とそのお末と続く。その後ろに御広敷侍を伴った竹姫の駕籠、局付きのお末、鈴音となり、行列の最後をもう一人の伊賀者が務める。総勢、二十名をこす行列であった。

「門限までに戻れるとは思えぬ」

御広敷御門を出た行列を見送った聡四郎は、その遅さにめまいを感じるほどであった。一呼吸で一歩しか進まないのだ。その一歩も子供ていどの幅でしかなかった。

「刻限があるゆえ、早めにお願いしたい」

そう聡四郎は女陸尺へ要請したが、

「急ぐと駕籠が揺れて、なかにいる姫さまが酔われまする。それを防ぐためにわざと足並みを遅くしておりまする。これも大奥の決まりでございまする」

こう説明されては、言い返せなかった。

「もう少し急いでくれぬと、後を付けるのも難儀だ」

気の短い江戸者の足は速い。そんななか、行列と歩を合わせている大柄な武家は、目立つことこのうえない。

「無事に終わって、ここへ帰ってこられるか」

聡四郎は始まったばかりの竹姫参詣の前途に果てしない暗雲を感じていた。

図版・表作成参考資料

『江戸城をよむ――大奥　中奥　表向』（原書房）

光文社文庫

文庫書下ろし／長編時代小説

鏡《かがみ》の欠片《かけら》 御広敷用人《おひろしきようにん》 大奥記録《おおおくきろく》㈣

著 者 上《うえ》 田《だ》 秀《ひで》 人《と》

2013年7月20日 初版1刷発行

発行者 駒 井 稔

印 刷 萩 原 印 刷

製 本 ナショナル製本

発行所 株式会社 光 文 社

〒112-8011 東京都文京区音羽1-16-6

電話 (03)5395-8149 編 集 部

8113 書籍販売部

8125 業 務 部

© Hideto Ueda 2013

落丁本·乱丁本は業務部にご連絡くだされば、お取替えいたします。

ISBN978-4-334-76603-0 Printed in Japan

Ⓡ本書の全部または一部を無断で複写複製（コピー）することは、著作権法上の例外を除き、禁じられています。本書をコピーされる場合は、事前に日本複製権センター（http://www.jrrc.or.jp 電話03-3401-2382）の許諾を受けてください。

組版 萩原印刷

お願い　光文社文庫をお読みになって、いかがでございましたか。「読後の感想」を編集部あてに、ぜひお送りください。

このほか光文社文庫では、どんな本をお読みになりましたか。これから、どういう本をご希望ですか。どの本も、誤植がないようつとめていますが、もしお気づきの点がございましたら、お教えください。ご職業、ご年齢などもお書きそえいただければ幸いです。当社の規定により本来の目的以外に使用せず、大切に扱わせていただきます。

光文社文庫編集部

本書の電子化は私的使用に限り、著作権法上認められています。ただし代行業者等の第三者による電子データ化及び電子書籍化は、いかなる場合も認められておりません。

読みだしたら止まらない!

上田秀人の傑作群

好評発売中★全作品文庫書下ろし!

御広敷用人 大奥記録●水城聡四郎新シリーズ

(一)女の陥穽《かんせい》
(二)化粧の裏
(三)小袖の陰
(四)鏡の欠片《かけら》

勘定吟味役異聞●水城聡四郎シリーズ

(一)破斬《はざん》
(二)熾火《おきび》
(三)秋霜《しゅうそう》の撃《げき》
(四)相剋《そうこく》の渦《うず》
(五)地の業火《ごうか》
(六)暁光《ぎょうこう》の断
(七)遺恨《いこん》の譜《ふ》
(八)流転《るてん》の果て

神君の遺品 目付 鷹垣隼人正 裏録(一)
錯綜の系譜 目付 鷹垣隼人正 裏録(二)

幻影の天守閣

光文社文庫

光文社時代小説文庫　好評既刊

剣客船頭　稲葉 稔
天神橋心中　稲葉 稔
思川契り　稲葉 稔
妻恋河岸　稲葉 稔
深川思恋　稲葉 稔
洲崎雪舞　稲葉 稔
難儀でござる　岩井三四二
たいがいにせえ　岩井三四二
はて、面妖　岩井三四二
甘露梅　宇江佐真理
ひょうたん　宇江佐真理
彼岸花　宇江佐真理
幻影の天守閣　上田秀人
破斬　上田秀人
熾火　上田秀人
秋霜の撃　上田秀人
相剋の渦　上田秀人

地の業火　上田秀人
暁光の断　上田秀人
遺恨の譜　上田秀人
流転の果て　上田秀人
女の陥穽　上田秀人
化粧の裏　上田秀人
小袖の陰　上田秀人
神君の遺品　上田秀人
錯綜の系譜　上田秀人
秀頼、西へ　岡田秀文
風の轍　岡田秀文
半七捕物帳 新装版(全六巻)　岡本綺堂
影を踏まれた女(新装版)　岡本綺堂
白髪鬼(新装版)　岡本綺堂
鷲(新装版)　岡本綺堂
中国怪奇小説集(新装版)　岡本綺堂
鎧櫃の血(新装版)　岡本綺堂

光文社時代小説文庫 好評既刊

江戸情話集（新装版） 岡本綺堂
勝負鷹 強奪二千両 片倉出雲
勝負鷹 金座破り 片倉出雲
勝負鷹 強奪「老中の剣」 片倉出雲
斬りて候（上・下） 門田泰明
一閃なり（上・下） 門田泰明
任せなせえ 門田泰明
奥傳 夢千鳥 門田泰明
大江戸剣花帳（上・下） 門田泰明
あられ雪 倉阪鬼一郎
おかめ晴れ 倉阪鬼一郎
五万両の茶器 小杉健治
七万石の密書 小杉健治
六万石の文箱 小杉健治
一万石の刺客 小杉健治
十万石の謀反 小杉健治
一万両の仇討 小杉健治

三千両の拘引 小杉健治
四百万石の暗殺 小杉健治
百万両の密命（上・下） 小杉健治
黄金観音 小杉健治
女衒の闇断ち 小杉健治
水の如くに 近衛龍春
にわか大根 近藤史恵
巴之丞鹿の子 近藤史恵
ほおずき地獄 近藤史恵
寒椿ゆれる 近藤史恵
烏金 西條奈加
はむ・はたる 西條奈加
八州狩り（新装版） 佐伯泰英
代官狩り（新装版） 佐伯泰英
破牢狩り（新装版） 佐伯泰英
妖怪狩り（新装版） 佐伯泰英
百鬼狩り（新装版） 佐伯泰英

光文社時代小説文庫　好評既刊

下忍狩り（新装版）　佐伯泰英
五家狩り（新装版）　佐伯泰英
鉄砲狩り　佐伯泰英
奸臣狩り　佐伯泰英
役者狩り　佐伯泰英
秋帆狩り　佐伯泰英
鵺女狩り　佐伯泰英
忠治狩り　佐伯泰英
奨金狩り　佐伯泰英
夏目影二郎「狩り」読本　佐伯泰英
流離　佐伯泰英
足抜　佐伯泰英
見番　佐伯泰英
清掻　佐伯泰英
初花　佐伯泰英
遣手　佐伯泰英
枕絵　佐伯泰英

炎上　佐伯泰英
仮宅　佐伯泰英
沽券　佐伯泰英
異館　佐伯泰英
再建　佐伯泰英
布石　佐伯泰英
決着　佐伯泰英
愛憎　佐伯泰英
仇討　佐伯泰英
夜桜　佐伯泰英
無宿　佐伯泰英
薬師小路別れの抜き胴　坂岡真
秘剣横雲雪ぐれの渡し　坂岡真
縄手高輪瞬殺剣岩斬り　坂岡真
無声剣どくだみ孫兵衛　坂岡真
鬼役　坂岡真
刺客　坂岡真